Pearl S. E
Ostwind -

SERIE PIPER

Zu diesem Buch

Die junge, traditionell erzogene Kuei-lan steht kurz vor der Hochzeit mit einem ihr unbekannten Bräutigam. Er hat in den Vereinigten Staaten Medizin studiert und strebt nach seiner Rückkehr in die Heimat danach, die alten chinesischen Sitten und Gebräuche in seiner Ehe aufzuheben: Er möchte seine Frau nicht als seine Dienerin sehen, zu der sie traditionell von ihrer Mutter erzogen wurde, sondern ihr zu einem neuen Selbstbewußtsein verhelfen und sie als gleichberechtigte Partnerin haben. Kuei-lan erzählt von ihren Ängsten vor diesem Unbekannten, doch verspürt sie bald Verständnis und die Chance einer großen Liebe. In farbenprächtigen Bildern spiegelt Pearl S. Buck das dramatische Aufeinanderprallen von östlicher Tradition und westlichem Denken.

Pearl S. Buck, 1892 in West-Virginia in den USA geboren, kam mit ihren Eltern im Alter von drei Monaten nach China. Dort verbrachte sie, außer der Zeit ihres Studiums in England, vierzig Jahre ihres Lebens. Mit ihren großen Chinaromanen wurde sie weltberühmt und 1938 als erste amerikanische Frau mit dem Nobelpreis für Literatur ausgezeichnet. 1973 starb sie in Danby in den USA.

Pearl S. Buck
Ostwind – Westwind

Roman

Aus dem Amerikanischen von
Richard Hoffmann und Annie Polzer

Piper München Zürich

Von Pearl S. Buck liegen in der Serie Piper außerdem vor:
Die Frau des Missionars (3172)
Die Mutter (3174)

Ungekürzte Taschenbuchausgabe
Piper Verlag GmbH, München
1. Auflage Januar 2001
2. Auflage März 2001

Titel der amerikanischen Originalausgabe:
"Eastwind – Westwind"

Umschlag: Büro Hamburg
Stefanie Oberbeck, Katrin Hoffmann
Umschlagabbildung: Catherine Karnow
Gesamtherstellung: Clausen & Bosse, Leck
Printed in Germany ISBN 3-492-23171-3

Eine Chinesin spricht

Erster Teil

I

Dir kann ich diese Dinge sagen, meine Schwester. So wie zu dir könnte ich nicht einmal zu einer Frau meines Volkes sprechen, denn sie würde die fernen Länder nicht verstehen, in denen mein Gatte zwölf Jahre gelebt hat. Ich könnte mich auch keiner der Ausländerinnen anvertrauen, die weder mein Volk noch die Art des Lebens kennen, das wir seit den Zeiten des Kaiserreiches führen. Doch du - du hast alle deine Jahre unter uns verbracht. Du gehörst zwar jenen anderen Ländern an, in denen mein Gatte seine westlichen Bücher studiert hat, dennoch wirst du mich verstehen. Ich spreche die Wahrheit. Ich habe dich meine Schwester genannt. Ich werde dir alles sagen.

Du weißt, daß meine erhabenen Ahnen fünfhundert Jahre in dieser uralten Stadt des Reiches der Mitte gewohnt haben. Kein einziger unter ihnen war modern, kein einziger hatte das Verlangen nach Neuerungen. Sie alle lebten in Ruhe und Würde und im Vertrauen auf ihre Rechtschaffenheit. Und so unterwiesen mich meine Eltern in all den ehrwürdigen Überlieferungen. Ich hätte nie im Traume geahnt, daß ich den Wunsch haben könnte, anders zu sein. Ohne daß ich über die Sache nachdachte, schien es mir, alle Leute, die wirklich etwas gelten, müßten so sein wie ich. Wenn ich, nur unbestimmt, gleichsam von ferne, über die Mauern des Hofes her, von Frauen hörte, die nicht so waren wie ich, von Frauen, die frei kamen und gingen gleich Männern, schätzte ich sie gering. So wie man mich gelehrt hatte, wandelte ich auf den erprobten Pfaden meiner Vorfahren. Niemals trat mir von außen etwas nahe. Ich hatte keinen Wunsch. Jetzt aber ist der Tag gekommen, da ich eifrig diese seltsamen Geschöpfe beobachte - die modernen Frauen - und danach strebe, so zu werden wie sie. Nicht meinetwegen, Schwester, sondern um meines Gatten willen.

Er findet mich nicht hübsch! Das kommt daher, daß er quer über die vier Meere in die fernen und äußeren Länder gereist ist und daß er in jenen Gegenden gelernt hat, neue Dinge und neue Art zu lieben.

Meine Mutter ist weise. Als ich im Alter von zehn Jahren aufhörte, Kind zu sein, und zur Jungfrau wurde, sagte sie mir diese Worte: »Die Frau soll vor Männern das Schweigen einer Blüte wahren und sich, sobald sie es nur unauffällig tun kann, zurückziehen.«

Und so erinnerte ich mich ihrer Worte, als ich vor meinem Gatten stand. Ich neigte den Kopf und legte beide Hände an die Brust. Ich antwortete ihm nicht, als er zu mir sprach. Aber ach, ich fürchte, er findet mein Schweigen langweilig!

Wenn ich nachdenke und etwas suche, das ihn fesseln könnte, ist mein Hirn plötzlich kahl wie ein Reisfeld nach der Ernte. Wenn ich allein bei meiner Stickarbeit sitze, denke ich an manch zartschönes Wort, das ich ihm sagen will. Ich werde ihm sagen, wie sehr ich ihn liebe. Freilich nicht mit den dem gierigen Westen abgelauschten Worten, sondern in versteckten Andeutungen, gleich dieser:

»Mein Gebieter. Hast du heute den Beginn der Morgendämmerung bemerkt? Es war, als ob die düstere Erde emporspränge, die Sonne zu grüßen. Zuerst Dunkelheit. Dann ein mächtiger Lichtstrahl gleich erdröhnender Musik! Mein teurer Gebieter, ich bin deine düstere Erde, die der Sonne harrt!«

Oder, wenn er abends auf den Lotossee hinaussegelt:

»Wie – wenn das bleiche Wasser nie wieder fühlen sollte, wie der Mond es anzieht? Wie – wenn die Woge nie wieder von seinem Lichte zum Leben erweckt wird? Oh, mein Gebieter, achte auf dich und kehre wohlbehalten zu mir zurück, auf daß ich, ohne dich, nicht jener blassen, matten Flut gleiche!«

Doch wenn er in seiner sonderbaren ausländischen Kleidung nach Hause kommt, kann ich solche Dinge nicht aussprechen. Ist es denn möglich, daß ich einem Fremden vermählt bin? Seine Rede ist knapp und nachlässig, seine Blicke gleiten allzu hastig über mich, selbst wenn ich den pfirsichfarbenen Atlas trage und Perlen im frisch geordneten Haar.

Das ist mein Kummer. Ich bin erst einen Monat seine Gattin und bin nicht schön vor seinen Augen.

Drei Tage habe ich nun nachgegrübelt, meine Schwester. Ich muß List anwenden und ein Mittel suchen, die Blicke meines Gemahls auf mich zu lenken. Bin ich denn nicht die Enkelin vieler Generationen von Frauen, die Gnade gefunden haben vor den Augen ihrer Gebieter? Keiner von ihnen hat es an Schönheit gemangelt, viele hundert Jahre, mit einer einzigen Ausnahme: Kuei-mei, in der Ära Sung, denn sie war schon im Alter von drei Jahren pockennarbig. Dennoch steht geschrieben, daß selbst sie Augen hatte gleich schwarzen Edelsteinen und eine Stimme, die die Herzen der Männer aufwühlte wie der Sturm, der im Frühling durchs Bambusgehölz braust. Ihr Gatte liebte sie so sehr, daß er keine einzige seiner Konkubinen – und er hatte deren sechs, entsprechend seinem Rang und Reichtum – so sehr schätzte wie Kuei-mei.

Und meine Ahnin Yang Kuei-fei – jene, die auf ihrem Handgelenk einen weißen Vogel trug – hielt in ihren duftenden Händen das Kaiserreich selbst, denn der

Herrscher, der Sohn des Himmels, war toll nach ihrer Schönheit. Und darum muß ich, bin ich auch die Geringste unter diesen Erhabenen, doch ihr Blut in meinem Blute haben, und ihr Mark ist das meine.

Ich habe mich in meinem Bronzespiegel gemustert. Und nicht um meinetwillen, sondern nur meines Gebieters wegen sage ich dir: ich sah, daß es andere gibt, weniger hübsch als ich. Ich sah, daß mein Auge klar gezeichnet ist und das Weiße darin vom Schwarzen scharf getrennt. Ich sah, daß meine Ohren klein sind und zart an den Kopf anliegen, so daß die Ringe aus Jade und Gold nicht abstehen; ich sah, daß auch mein Mund klein ist und im Oval des Gesichtes die vorgeschriebene Linie zeigt. Ich wünschte nur, ich wäre nicht so blaß und meine Augenbrauen reichten noch einen Achtelzoll weiter zu den Schläfen. Ich helfe meiner Blässe durch einen Hauch von Rot nach, das ich mit den Handflächen auf den Wangen verreibe. Ein in Schwarz getauchter Pinsel vervollkommnet meine Brauen.

Und dann bin ich recht hübsch – und bereit für ihn. Sobald er aber den Blick auf mich richtet, sehe ich, daß er nichts bemerkt, weder Lippen noch Brauen. Seine Gedanken wandern über die Erde, über die See, überall, nur nicht dorthin, wo ich stehe und auf ihn warte!

Als der Wahrsager den Tag meiner Hochzeit festgesetzt hatte, als die roten Lacktruhen bis zum Rande gefüllt, als scharlachrote, geblümte Atlasdecken hoch auf den Tischen gehäuft waren und die Hochzeitskuchen aufgetürmt wie Pagoden, hieß mich meine Mutter in ihr Zimmer kommen. Ich wusch mir die Hände, glättete mein Haar aufs neue und trat in ihr Gemach. Sie hatte auf ihrem schwarzen geschnitzten Sessel Platz genommen und trank Tee. Ihre lange silbergefaßte Bambuspfeife lehnte neben ihr an der Wand. Ich trat gesenkten Hauptes vor sie und wagte nicht, ihr in die Augen zu sehen. Dennoch fühlte ich ihren klaren Blick auf meinem Gesichte, auf meinem Körper, auf meinen Füßen. Seine scharfe Wärme drang durch die Stille des Zimmers bis in mein innerstes Herz. Endlich befahl sie mir, mich zu setzen. Sie spielte mit Wassermelonenkernen in einer Schüssel, die auf dem Tische neben ihr stand; ihr Gesicht war ruhig und trug den gewohnten Ausdruck undurchdringlicher Trauer. Meine Mutter war weise.

»Kuei-lan, meine Tochter«, sagte sie, »du stehst im Begriff, den Mann zu heiraten, dem wir dich verlobt haben, noch ehe du geboren warst. Dein Vater und der seine waren innig befreundet. Sie hatten einander zugeschworen, sich durch ihre Kinder zu verbinden. Damals war dein Verlobter sechs Jahre alt. Im selben Jahr noch wurdest du geboren. Und so bist du ihm bestimmt. Für dieses Ziel habe ich dich erzogen.

Während der siebzehn Jahre deines Lebens hatte ich diese Stunde deiner Heirat vor Augen. Bei allem, worin ich dich unterwies, nahm ich auf zwei Personen Bedacht: auf die Mutter deines Gatten und auf deinen Gatten. Um jener willen habe ich dich gelehrt, wie man einem Höheren den Tee bereitet und reicht; wie man vor dem Angesicht eines Höheren zu stehen hat, wie man schweigend zuhören muß, während ein Höherer spricht, mag er das nun in Lob tun oder in Tadel; in allen Dingen habe ich dich gelehrt, dich zu unterwerfen, wie eine Blume sich der Sonne und dem Regen gleichermaßen unterwirft.

Um deines Gatten willen habe ich dich gelehrt, wie du dich schmücken sollst, wie du zu ihm sprechen mußt durch Blicke und Mienen, jedoch ohne Worte, wie du – aber diese Dinge wirst du verstehen, wenn die Stunde kommt und du mit ihm allein bleibst.

Und so bist du wohlerfahren in allen Pflichten einer vornehmen Frau. Auf die Zubereitung von Zuckerwerk und köstlichen Speisen verstehst du dich gut, so daß du imstande sein wirst, den Gaumen deines Mannes zu reizen und ihm deinen Wert zu zeigen. Höre niemals auf, ihn durch Erfindungsgabe im Bereiten verschiedener Speisen zu fesseln.

Die Sitten und Vorschriften adeligen Lebens - wie man vor Höhere tritt und wie man von ihnen geht, wie man zu Untergebenen spricht, wie man die Sänfte besteigt, wie man in Gegenwart anderer die Mutter des Gatten begrüßt, das alles ist dir bekannt. Du kennst das Betragen einer Hausfrau, die Feinheiten des Lächelns, die Kunst, das Haar mit Edelsteinen und Blumen zu schmücken, das Schminken der Lippen und Fingernägel, den Gebrauch von Wohlgerüchen, die Wirkung der Schuhe an den kleinen Füßen - ach, deine Füße, wieviel Tränen haben sie gekostet! Aber ich weiß von keiner deiner Altersgenossinnen, deren Füße so klein wären wie die deinen. Meine eigenen waren in deinem Alter kaum winziger. Ich hoffe nur, daß die Familie Li meine Botschaften beherzigt und die Füße ihrer Tochter, die die Verlobte deines Bruders, meines Sohnes, ist, ebenso fest gebunden hat. Doch bin ich besorgt, denn ich höre, das Mädchen sei unterrichtet in den vier Büchern, und Gelehrtheit bei Frauen ist nie von Schönheit begleitet. Ich muß die Mittelsperson neuerdings darauf aufmerksam machen.

Was aber dich betrifft, mein Kind, so kann ich nur sagen: wenn meine Schwiegertochter dir gleichkommt, werde ich nicht allzu sehr klagen. Du hast gelernt, jene alte Harfe zu spielen, deren Saiten von Generationen unserer Frauen zum Entzücken ihrer Gebieter angeschlagen wurden. Deine Finger sind gewandt und deine Nägel lang. Man hat dich sogar die berühmtesten Verse der alten Dichter gelehrt, du kannst sie zu deiner Harfe lieblich singen. Ich glaube, daß nicht einmal deine Schwiegermutter irgendeinen Mangel in meinem Werke finden wird. Es sei denn, du könntest keinen Sohn gebären. Aber ich will in den Tempel gehen und der Göttin ein Geschenk bringen, sollte das erste Jahr vergehen, ohne daß du empfängst.«

Das Blut stieg mir ins Gesicht. Ich kann mich keiner Zeit erinnern, in der ich nicht von Geburt und Mutterschaft gewußt hätte. Der Wunsch nach Söhnen in einem Haushalt gleich dem unseren, wo mein Vater drei Konkubinen hatte, deren einziges Interesse darin bestand, Kinder zu empfangen und zu gebären, war zu alltäglich, um ein Geheimnis in sich zu schließen. Doch diese Möglichkeit, auf meine Person bezogen – aber meine Mutter bemerkte meine heißen Wangen gar nicht. Sie saß da, in Nachdenken versunken, und begann wieder mit den Melonenkernen zu spielen.

»Nur eines ist zu erwägen«, sagte sie schließlich. »Er war in fremden Ländern. Er hat sogar die ausländische Arzneikunst erlernt. Ich weiß nicht – aber genug! Die Zeit enthüllt alles. Du magst gehen.«

2

Ich kann mich nicht erinnern, Schwester, daß meine Mutter jemals so viele Worte gesprochen hätte. Eigentlich sprach sie selten, es sei denn, um zu tadeln oder zu befehlen. Und das mit Fug, denn keine andere in unseren Frauengemächern war ihr, der Ersten Dame, gleich, weder an Rang, noch an angeborenen Fähigkeiten. Du hast doch meine Mutter gesehen, Schwester? Sie ist sehr hager, wie du dich erinnern wirst, und ihr Gesicht scheint in seiner Blässe und Ruhe aus Elfenbein geschnitzt. Ich habe erzählen hören, daß sie in ihrer Jugend, ehe man sie vermählte, Augenbrauen von erlesener Schönheit und Lippen von der Zartheit der korallenfarbenen Quittenknospen besaß. Selbst jetzt hat ihr Gesicht, so fleischlos es ist, das klare Oval antiker

Frauenbilder bewahrt. Und was ihre Augen betrifft, so sagte einmal die Vierte Dame – und sie ist gar klug:

»Die Augen der Ersten Dame sind traurige Edelsteine, schwarze Perlen, die sterben, weil sie zu viel vom Leid wissen.«

Ach, meine Mutter!

Keine kam ihr gleich in meiner Kindheit. Sie verstand gar vieles und bewegte sich mit einer angeborenen, ruhigen Würde, die die Konkubinen und deren Kinder stets in Furcht hielt. Doch das Gesinde liebte sie nicht, wenn es sie auch bewunderte. Ich hörte die Leute oft murren, weil sie nicht einmal die Abfälle in der Küche stehlen konnten, ohne daß meine Mutter es entdeckt hätte. Dennoch tadelte sie niemals laut, wie die Konkubinen es taten, wenn sie zornig waren. Wenn meine Mutter etwas sah, das ihr mißfiel, kamen nur wenige Worte über ihre Lippen, aber diese Worte waren geschärft von Verachtung und trafen den Schuldigen wie Eisnadeln das Fleisch.

Gegen meinen Bruder und mich war sie gütig, wenn auch förmlich und zurückhaltend, wie es sich ja für jemanden von ihrer Stellung in der Familie schickte. Von den sechs Kindern, die sie geboren hatte, waren ihr vier in zartem Alter durch die Grausamkeit der Götter entrissen worden, und darum schätzte sie ihren einzigen Sohn, meinen Bruder, ganz besonders. Denn solange sie meinem Vater einen lebenden Sohn geschenkt hatte, konnte er keinen gesetzlichen Grund finden, gegen sie Beschwerde zu erheben.

Und zudem war sie auf ihren Sohn insgeheim auch um seiner selbst willen sehr stolz.

Hast du meinen Bruder gesehen? Er gleicht meiner Mutter, ist hager von Gestalt, zartknochig, hoch und gerade gewachsen wie ein junges Bambusrohr. Als kleine Kinder weilten wir immer beisammen, und er war es, der mich zuerst lehrte, mit Pinsel und Tinte die Schriftzeichen in meiner Fibel nachzuziehen. Doch er war ein Knabe und ich bloß ein Mädchen, und als er neun Jahre alt wurde und ich sechs, nahm man ihn aus den Frauengemächern in jenen Trakt, in dem mein Vater wohnte. Fortan begegneten wir einander nur mehr selten, denn als mein Bruder älter wurde, betrachtete er es als Schande, Besuche bei den Frauen zu machen, und außerdem sah unsere Mutter es nicht sehr gerne.

Ich durfte natürlich niemals in die Höfe gehen, in denen die Männer wohnen. Bald nachdem man meinen Bruder von den Frauen getrennt hatte, stahl ich mich einmal in der Dunkelheit des Abends zu dem runden Mondtor, das zu den Gemächern der Männer führt, lehnte mich an die Mauer gegenüber dem Tor und lugte in die Höfe, die dahinter lagen, denn ich hoffte, vielleicht meinen Bruder im Garten zu sehen. Aber ich sah nur Diener, die mit dampfenden Schüsseln hin und her eilten. Als sie die Tür zu den Hallen meines Vaters öffneten, drang schallendes Gelächter heraus, in das sich der dünne, hohe Gesang einer Frauenstimme mischte. Als die schweren Tore wieder geschlossen waren, lag nur mehr Stille über dem Garten.

Ich stand lange dort, lauschte dem Lachen der Zecher und fragte mich wehmütig, ob wohl mein Bruder mitten unter dieser Fröhlichkeit sein mochte. Da fühlte ich mich plötzlich scharf am Arme gezogen. Es war Wang Da Ma, die oberste Dienerin meiner Mutter, und sie rief:

»Das werde ich deiner Mutter sagen, wenn ich es noch einmal sehe! Wer hat je schon von einem so schamlosen Mädchen gehört, das hingeht und zu den Männern hinüberschaut!«

Ich wagte bloß eine geflüsterte Entschuldigung:

»Ich habe nur meinen Bruder gesucht.«

Doch sie antwortete fest:

»Auch dein Bruder ist jetzt ein Mann.«

Und so sah ich ihn nur selten wieder.

Ich hörte aber, daß er das Studium liebte und früh belesen war in den vier Büchern und den fünf Klassikern, so daß mein Vater endlich seinen Bitten nachgab und ihm gestattete, nach Peking in eine ausländische Schule zu gehen. Zur Zeit meiner Vermählung studierte er in der Pekinger Nationalen Universität, und in den Briefen, die er nach Hause schrieb, bat er unausgesetzt um die Erlaubnis, nach Amerika zu reisen. Zuerst wollten meine Eltern davon nichts hören und meine Mutter war niemals damit einverstanden. Aber mein Vater liebte keine Störung, und ich konnte voraussehen, daß mein Bruder durch unablässiges Bitten schließlich seinen Willen durchsetzen werde.

In den beiden Ferien, die er zu Hause verbrachte, ehe ich fortzog, sprach er viel von einem Buch, das er »Wissenschaft« nannte. Meine Mutter fühlte, daß so etwas Unglück bringen müsse, denn sie konnte keine Möglichkeit sehen, dieses westliche Wissen im Leben eines chinesischen Edelmannes anzuwenden. Bei seinem letzten Besuch zu Hause trug er die Kleidung eines Ausländers, was meiner Mutter überaus mißfiel. Als er ins Zimmer trat, düster und fremdartig, stieß meine Mutter mit ihrem Stock auf den Boden und rief:

»Was bedeutet das? Was bedeutet das? Wage nicht, dich vor mir in so alberner Tracht zu zeigen!«

Daher mußte er seine gewohnten Kleider anlegen, obwohl er sehr zornig war und zwei Tage lang zögerte, es zu tun, bis mein Vater es ihm lachend befahl. Meine Mutter hatte recht. In chinesischem Gewande sah mein Bruder vornehm aus und glich einem Gelehrten. Wenn er in dem ausländischen Anzug seine Beine zur Schau stellte, bot er ein Bild, wie man es in unserer Familie noch nie gesehen oder geahnt hatte.

Doch selbst bei diesen zwei Besuchen sprach er nur

selten mit mir. Ich wußte nichts von den Büchern, die er liebte, denn ich hatte bei den vielen Dingen, die notwendig waren, mich auf die Ehe vorzubereiten, keine Zeit mehr, die Klassiker weiterhin zu studieren.

Über seine Heirat redeten wir natürlich nie. Ein solches Gespräch hätte sich zwischen einem jungen Mann und einer Frau nicht geschickt. Ich wußte nur durch lauschende Mägde, daß er sich widersetzte und daß er nicht heiraten wollte, obwohl meine Mutter schon dreimal versucht hatte, den Hochzeitstag zu bestimmen. Jedesmal überredete er meinen Vater, die Sache aufzuschieben, bis er noch weitere Studien gemacht hätte. Und ich wußte natürlich, daß er mit der Tochter des Hauses Li verlobt war, einer Familie von Reichtum und Rang, hochangesehen in der Stadt. Vor drei Generationen hatten das Oberhaupt des Hauses Li und das Oberhaupt unseres Hauses in benachbarten Gauen derselben Provinz als Statthalter geherrscht.

Natürlich hatten wir seine Verlobte nicht gesehen. Die Sache war durch meinen Vater abgeschlossen worden, noch ehe mein Bruder ein Jahr alt war. Darum hätte es sich für unsere Familien nicht geschickt, vor der Hochzeit meines Bruders Verkehr zu pflegen. Eigentlich wurde über die Braut überhaupt nie gesprochen, und nur ein einziges Mal hörte ich, wie Wang Da Ma mit den anderen Mägden schwatzte:

»Schade, daß die Tochter Lis um drei Jahre älter ist als unser Gebieter. Ein Gatte sollte auch an Jahren der Frau überlegen sein. Doch die Familie ist alt und reich und ...« Dann bemerkte sie mich und machte sich schweigend wieder an ihre Arbeit.

Ich konnte nicht verstehen, warum mein Bruder sich weigerte, zu heiraten. Als die erste Konkubine davon hörte, rief sie lachend:

»Gewiß hat er in Peking ein schönes Mandschumädchen gefunden!«

Ich aber glaubte nicht, daß mein Bruder jemals etwas anderes lieben könnte als seine Bücher.

Und so wuchs ich allein auf in den Höfen der Frauen.

Natürlich waren noch die Kinder der Konkubinen da, aber ich wußte, daß meine Mutter sie bloß als eine Anzahl von Mäulern betrachtete, die gestopft werden mußten und für die sie die tägliche Ration Reis, Öl und Salz ausgab. Sonst kümmerte sie sich nicht um sie, es sei denn, daß sie die für die Bekleidung der Kinder nötigen Mengen einfachen Baumwollstoffes bestellte.

Was die Konkubinen selbst betraf, so waren sie im Grunde bloß unwissende Weiber, stets zänkisch und tödlich eifersüchtig auf die Zuneigung meines Vaters. Anfangs hatten sie seine Begierde durch hübsche Gesichter geweckt; doch die verwelkten wie Blumen, die man im Frühling pflückt. Und so erlosch die Gunst meines Vaters, als diese kurze Schönheit schwand. Sie schienen aber unfähig, zu erkennen, daß sie nicht mehr schön waren; und tagelang, bevor er zu ihnen kam, beschäftigten sie sich damit, ihre Schmuckstücke und Gewänder zu reinigen. Mein Vater gab ihnen an Festtagen, und wenn er Glück beim Spiel gehabt hatte, Geld, doch sie verschwendeten es albern auf Naschwerk und auf Weine, die sie gerne tranken; und wenn sie dann vor dem Besuch meines Vaters nichts mehr hatten, borgten sie sich Geld von den Mägden, um neue Schuhe und Haarschmuck zu kaufen. Die Mägde waren voll der Verachtung, sobald sie sahen, daß die Konkubinen die Gunst meines Vaters verloren hatten, und ließen sich ihre Gefälligkeiten teuer bezahlen.

Die älteste Konkubine, ein fettes, schwammiges Geschöpf, deren winzige Gesichtszüge in den Bergen ihrer Wangen verschwanden, war durch nichts bemerkenswert, es sei denn durch ihre kleinen und schönen Hände, auf die sie ganz besonders stolz war. Sie wusch sie mit mancherlei Ölen, schminkte die Handflächen rosafarben und bemalte die glatten ovalen Nägel purpurrot. Dann besprengte sie die Hände mit einem schweren Magnolienparfüm.

Manchmal empfand meine Mutter die hohle Eitelkeit dieser Frau als lästig und sie befahl ihr, nicht ohne ein wenig Bosheit, irgendeine derbe Wasch- oder Näharbeit zu verrichten. Die fette Zweite Dame wagte nicht, ungehorsam zu sein, doch winselte sie und beklagte sich insgeheim bei den anderen Konkubinen, meine Mutter sei eifersüchtig auf sie und wolle ihre Schönheit vor den Augen meines Vaters zerstören. Und während sie das sagte, musterte sie voll Sorgfalt ihre Hände und sah nach, ob etwa die zarte Haut irgendwo rissig oder schwielig geworden sei. Ich konnte es nicht über mich bringen, ihre Hände anzufassen, denn sie waren heiß und weich und schienen einem unter den Fingern zu zerschmelzen. Mein Vater hatte schon lange aufgehört, dieser Frau Beachtung zu schenken, doch wenn er kam, um eine Nacht in ihren Gemächern zu verbringen, gab er ihr Geld, damit sie nicht mit lauter Stimme in den Höfen schreie und ihn mit ihren Vorwürfen belästige. Zudem hatte sie zwei Söhne und daher Anspruch auf einige Rücksicht.

Die Söhne waren fett und glichen der Mutter aufs Haar; ich kann sie mir gar nicht anders in Erinnerung rufen denn als fortwährend essende und trinkende Rangen. Sie aßen bei Tisch tüchtig mit den anderen und gingen dennoch nachher heimlich in den Hof des Gesindes und zankten mit den Dienern um die Überbleibsel. Stets machten sie sich mit besonderer Schlauheit ans Werk – aus Angst vor meiner Mutter, die die Gier beim Essen mehr als alles andere haßte. Sie selber aß nie mehr als eine Schale trockenen Reises mit einem Stückchen Salzfisch oder einer dünnen Schnitte kalten Geflügels, und dazu trank sie einen Schluck duftenden Tees.

Sonst ist mir von der Zweiten Dame nur noch in Erinnerung, daß sie immer große Angst hatte, sterben zu müssen. Sie verschlang Unmengen süßer fetter Sesamkuchen, und wenn ihr übel wurde, lag sie in argem Entsetzen und stöhnend da. Dann ließ sie die buddhistischen Priester holen und versprach dem Tempel ihren Perlenschmuck, wenn die Götter sie gesund machten. War sie aber wieder wohlauf, fuhr sie fort, Kuchen zu verschlingen, und tat so, als hätte sie ihr Gelübde vergessen.

Die zweite Konkubine, die Dritte Dame, war eine schwerfällige Frau, die selten sprach und nur wenig Anteil nahm am Leben der Familie. Sie hatte fünf Kinder, mit Ausnahme eines Knaben lauter Mädchen; das hatte ihr Gemüt abgestumpft und sie hoffnungslos gemacht. Um die Töchter kümmerte sie sich gar nicht. Sie wurden vernachlässigt und kaum besser gehalten als die Sklavinnen, die wir zur Dienstleistung kauften. Sie verbrachte ihre Zeit in einem sonnigen Winkel des Hofes, mit ihrem Sohne beschäftigt, einem plumpen, ungesund aussehenden Kinde, das drei Jahre alt und noch immer nicht imstande war, zu sprechen oder zu gehen. Er weinte viel und hing immer an den langen, schlaffen Brüsten seiner Mutter.

Die Konkubine, die ich am besten leiden mochte, war die dritte, ein kleines Tanzmädchen aus Sutschau. Mit dem Geburtsnamen hieß sie La-may und war ebenso schön wie die La-may-Blume, die im frühen Lenz auf kahlen Zweigen ihre blaßgoldenen Blütenblätter öffnet. Diesen glich sie – zart und blaß und goldig schimmernd. Sie legte sich keine Schminke auf die Wangen, wie die anderen es taten; nur ein wenig schwarze Farbe auf die schmalen Augenbrauen und einen Hauch von Purpur auf die Unterlippe. Wir bekamen sie anfangs nur sehr selten zu Gesicht, denn mein Vater war stolz auf ihre Schönheit und nahm sie überallhin mit.

Das letzte Jahr vor meiner Heirat hatte sie jedoch zu Hause verbracht, da sie die Geburt ihres Sohnes erwartete. Das war ein lieber Junge, dicklich und hübsch, und sie nahm ihn und legte ihn in die Arme seines Vaters. So zahlte sie diesem zurück, was er ihr an Schmuck und Zuneigung geschenkt hatte.

Ehe ihr Kind zur Welt kam, hatte sich die Vierte Dame unausgesetzt in einer Stimmung hochgespannter Erregung und heller Lachlust befunden. Überall wurde sie ihrer Schönheit wegen gepriesen, und in der Tat, niemals habe ich Lieblichkeit gesehen, die die ihre übertroffen hätte.

Sie kleidete sich in jadegrünen Atlas und schwarzen Samt, trug Jade in den erlesen schönen Ohren und verachtete uns ein wenig, obwohl sie die Kuchen und Süßigkeiten, die sie bei den allnächtlich mit meinem Vater besuchten Festen erhielt, mit nachlässiger Freigebigkeit an alle verteilte. Sie selbst schien fast nichts zu essen – einen Sesamkuchen am Morgen, nachdem mein Vater von ihr gegangen war, und mittags eine halbe Schale Reis mit Bambussprossen oder eine dünne Schnitte gesalzener Ente. Sie liebte ausländische Weine und schmeichelte meinem Vater so lange, bis er ihr ein blaßgelbes Getränk kaufte, in dem silberhelle Blasen vom Boden aufstiegen. Das machte La-may lachen, sie wurde sehr gesprächig und ihre Augen funkelten wie schwarze Kristalle. In solchen Stunden erheiterte sie meinen Vater außerordentlich, und er befahl ihr, ihm vorzutanzen und zu singen.

Doch während mein Vater zechte, saß meine Mutter in ihren Gemächern und las die erhabenen Aussprüche des Kung-futse. Und was mich betrifft, so grübelte ich als junges Mädchen oft über jene Gelage nach, und es verlangte mich, so wie ich es einmal getan hatte, als ich meinen Bruder suchte, durch die Spalten im Schnitzwerk des Mondtores in die Höfe der Männer hinüberzuschauen. Aber meine Mutter hätte das nie erlaubt, das wußte ich, und ich schämte mich, sie zu hintergehen.

Eines Abends freilich – jetzt empfinde ich tiefe Scham über mein unkindliches, ungehorsames Verhalten – stahl ich mich heimlich durchs Dunkel einer mondlosen Sommernacht, starrte wieder durchs Tor und spähte in die Gemächer meines Vaters. Ich weiß nicht, warum ich das tat – ich dachte dabei nicht mehr an meinen Bruder. Ein seltsam unklarer Wunsch hatte mich erfüllt und mich während des langen heißen Tages rastlos gemacht, und als die Nacht kam, voll Wärme und Dunkel und mit dem schweren Duft der Lotosblüten, schien mir die Stille unserer Frauengemächer der Ruhe des Todes zu gleichen. Mein Herz pochte heftig, als ich hinüberschaute. Die Türen standen weit offen und der Schein von hundert Laternen strömte hinaus in die heiße, stille Luft. Drüben sah ich an viereckigen Tischen Männer essen und trinken und Diener mit Speisen hin und her eilen. Hinter dem Sessel eines jeden Mannes stand die rebenschlanke Gestalt eines Mädchens. Doch neben meinem Vater saß, als einzige Frau bei Tisch, La-may. Ich konnte sie ganz deutlich sehen, sie trug ein leichtes Lächeln zur Schau und ihr Gesicht leuchtete wie eine Blüte mit wächsernem Kelch, als sie es meinem Vater zuwandte. Sie sagte etwas mit leiser Stimme, wobei sie die Lippen kaum bewegte, und ein grölendes Gelächter erhob sich von den Tischen der Männer. Ihr Lächeln blieb unverändert, leicht und zart, und sie lachte nicht mit.

Dieses Mal entdeckte mich meine Mutter. Sie verließ das Haus nur selten, nicht einmal, um sich in den Höfen zu ergehen, aber die Hitze der Nacht hatte sie herausgetrieben, und ihre scharfen Augen erkannten mich sogleich. Sie befahl mir, unverzüglich in mein Zimmer zu gehen, folgte mir dorthin, schlug mir mit dem zusammengefalteten Bambusfächer heftig auf die Handflächen und fragte mich verächtlich, ob ich den Wunsch hegte, Metzen bei der Arbeit zu sehen. Ich schämte mich und weinte.

Am nächsten Morgen ließ sie undurchsichtige Latten kommen und an dem Mondtor anbringen, und ich blickte nie mehr hinüber.

Aber meine Mutter war dennoch gütig zu der Vierten Dame. Die Mägde priesen sie laut dieser Nachsicht wegen, obwohl ich glaube, die anderen Konkubinen wären froh gewesen, meine Mutter grausam zu sehen, so wie eine Erste Dame es oft gegen die anderen ist. Vielleicht wußte meine Mutter, was noch kommen sollte.

Nachdem das Kind geboren war, dachte die Vierte Dame, mein Vater werde sie gewiß wieder überallhin mitnehmen. Sie stillte das Kind nicht selbst, um ihrer Schönheit nicht zu schaden. Statt dessen gab sie es einer stämmigen Sklavin, deren Kind, ein Mädchen, man natürlich nicht am Leben gelassen hatte. Diese Sklavin war eine dicke Frau mit übel riechendem Munde; der kleine Junge jedoch schlief nachts an ihrem Busen, dicht an ihrem Körper, und wurde den ganzen Tag von ihr herumgetragen. Seine Mutter schenkte ihm nur wenig Beachtung, außer an Festtagen, da sie ihn in Rot kleidete, ihm kleine Schuhe mit Katzengesichtern an die Füße zog und eine kurze Weile mit ihm spielte. Wenn er weinte, warf sie ihn ungeduldig wieder in die Arme der Sklavin.

Doch der Knabe gab ihr nur unzureichenden Einfluß auf meinen Vater. Obwohl sie diesem nach dem Gesetz ihre Schuld zurückgezahlt hatte, mußte sie doch täglich zu Schlauheit und List Zuflucht nehmen, um seine Sinne anzulocken, so wie unsere Frauen es von jeher haben tun müssen. Doch nicht einmal ihre List half. La-may war nicht mehr so schön wie vor der Geburt des Kindes. Ihr glattes, perlfarbenes kleines Gesicht war gerade genügend erschlafft, daß der Eindruck zarter Jugend zerstört schien. Sie kleidete sich in ihre jadegrüne Robe, hängte sich Ringe in die Ohren und ließ ihr kurzes, helles Lachen ertönen. Mein Vater tat ihr gegenüber ebenso entzückt wie je, doch als er das nächste Mal auf Reisen ging, nahm er sie nicht mit.

Ihr Erstaunen und ihre Wut waren furchtbar anzusehen. Die anderen Konkubinen freuten sich insgeheim und lächelten nicht wenig, während sie so taten, als trösteten sie La-may. Meine Mutter war etwas freundlicher zu der Vierten Dame als sonst. Ich hörte Wang Da Ma ärgerlich murren:

»Ach ja, jetzt werden wir hier noch ein unnützes Weib füttern müssen. Er hat auch die schon satt!«

Von jenem Tag an begann die Vierte Dame zu grübeln. Sie wurde verdrossen, erlitt Anfälle von Reizbarkeit und empfand tiefen Ekel vor dem eintönigen Dasein in einem Frauenhofe. Sie war an die Zechgelage und an der Männer Bewunderung gewöhnt gewesen. Sie wurde sehr schwermütig und versuchte später sogar, ihrem Leben ein Ende zu machen. Das geschah aber erst nach meiner Verheiratung. – Doch darf man nach all dem nicht glauben, unser Leben daheim sei traurig gewesen. Es war in Wirklichkeit sehr glücklich, und viele unserer Nachbarn beneideten meine Mutter. Mein Vater hatte nie aufgehört, sie um ihres Verstandes willen und wegen der tüchtigen Leitung seines Hauswesens zu achten. Und sie machte ihm niemals Vorwürfe.

So lebten sie in Würde und Frieden.

Oh, mein geliebtes Heim! Meine Kindheit zieht an mir vorbei in Bildern, die erleuchtet sind wie vom Schein eines Herdfeuers. Die Höfe, in denen ich beobachtete, wie die Lotosknospen im Teich sich beim Morgengrauen zu Blüten öffneten und wie die Päonien auf den Terrassen sich erschlossen; die Familiengemächer, wo nie Kinder über die Fliesen des Bodens strauchelten und wo die Kerzen vor den Hausgöttern flackerten; meiner Mutter Zimmer, in dem ich ihr ernstes, feines Profil über ein Buch geneigt sah und in dessen Hintergrund das gewaltige Himmelbett stand.

Am teuersten von alldem ist mir die ungeheure Gästehalle mit ihren wuchtigen Bänken aus schwarzem Teakholz, mit den Stühlen, mit dem langen geschnitzten Tisch und den scharlachfarbenen Atlasvorhängen in den Türen. Über dem Tisch hängt ein Gemälde des ersten Ming-Kaisers - ein wild-trotziges Gesicht mit einem Kinn, das einer Felsenklippe gleicht - und zu den Seiten dieses Gemäldes baumeln schmale Goldbänder. Längs der ganzen Südseite der Halle sind geschnitzte Fensterrahmen, zwischen denen Reispapier gespannt ist. Dieses Papier breitet ein sanftes, mondsteinfarbenes Licht über die dunkle Würde des Raumes, ein Licht, das sogar bis zu den schweren Balken der Decke dringt und deren bemalte Kanten purpurfarben und golden erglänzen läßt. Ruhig in dieser Halle meiner Vorfahren zu sitzen und zuzusehen, wie die Dämmerung in dunklem Schweigen sich ausbreitet - das war für mich von jeher wie Musik.

Am zweiten Tage des neuen Jahres - denn das ist der Tag, an dem große Damen einander besuchen - ist die Halle voll zarter Fröhlichkeit. In ihr düsteres, ehrwürdiges Grau dringt eine Schar strahlend gekleideter Frauen. Alles ist erfüllt von Licht und Lachen und höflichem Geplauder, und die Sklavinnen reichen winziges Backwerk auf rotlackierten Kuchentassen. Meine Mutter steht dem allen mit ernster Höflichkeit vor. Die alten Balken haben Hunderte von Jahren auf das gleiche Bild herabgeblickt - auf schwarze Köpfe und dunkle Augen, auf regenbogenbunte Seide und Atlas, auf Haarschmuck aus Jade und Perlen und Rubinen, auf Gold und Türkise, die an schlanken, elfenbeinfarbenen Händen schimmern.

Oh, du mein geliebtes Heim – du innig geliebtes!

Ich sehe mich als rührend kleine Gestalt, an die Hand meines Bruders geklammert, im Hofe neben dem Feuer, in dem die Küchengötter verbrannt werden sollen. Man hat ihnen Honig auf die papierenen Lippen gestrichen, damit sie mit süßen Worten zum Himmel aufstiegen und so vergäßen, von jenen Fällen zu erzählen, da die Mägde zankten und Speisen aus den Schüsseln stahlen. Der Gedanke an diese Boten ins Ferne, Unbekannte erfüllt uns mit ehrfürchtigem Schauer. Wir sprechen nicht.

Ich sehe mich beim Drachenfest in meinem besten Feiertagsgewande aus roter, mit Pflaumenblüten bestickter Seide, kaum imstande, bis zum Abend zu warten, da mein Bruder mich fortführen wird, das Drachenboot auf dem Fluß anzuschauen.

Ich sehe die bauchige, auf und ab tanzende Lotoslaterne, die meine alte Kinderfrau mir beim Fest der Laternen, über meine Erregung lachend, bringt, denn ich kann kaum erwarten, daß der Abend kommt und ich die rußende rote Kerze innen anzünden kann.

Ich sehe mich an der Seite meiner Mutter langsam in den großen Tempel schreiten. Ich beobachte, wie sie die Weihrauchstäbe in die Urne steckt. Andächtig knie ich mit ihr vor dem Gotte, und in mir ist kalte Furcht.

Ich frage dich nun, meine Schwester, wie bin ich nach solchen Jahren, die mich geformt haben, vorbereitet für einen Mann von der Art meines Gatten? Alle meine Vorzüge sind nutzlos. Ich nehme mir heimlich vor, die blauseidene Jacke mit den schwarzen, kunstvoll mit Silber gezierten Knöpfen zu tragen. Ich werde mir Jasmin ins Haar stecken und die spitzen schwarzen, blaubestickten Atlasschuhe anlegen. Ich werde ihn begrüßen, wenn er eintritt. Doch wenn es dann dazu kommt, schweift sein Blick hastig zu anderen Dingen – zu den Briefen auf dem Tisch, zu seinen Büchern. Ich bin vergessen.

In meinem Herzen zuckt bebende Angst. Ich erinnere mich eines Tages vor meiner Hochzeit. Das war der Tag, an dem meine Mutter eigenhändig und hastig zwei Briefe schrieb, einen an meinen Vater und einen an meine künftige Schwiegermutter, und sie in größter Eile durch den alten Torwächter absandte. Ich hatte sie noch nie so verstört gesehen. An jenem Tag hörte ich die Mägde flüsternd erzählen, mein Verlobter wolle unser Band lösen, denn ich sei ungebildet und hätte verstümmelte Füße. Ich brach in Tränen aus und die Mägde befiel Angst; sie schworen, sie sprächen nicht von mir, sondern von der zweiten Tochter der Dame Tao.

Jetzt erinnere ich mich dessen und grüble in heftiger Erregung darüber nach. Kann ich es doch gewesen sein? Aber das Gesinde lügt immer! Und ich bin ja nicht ungebildet. Man hat mich sorgfältig in allen Dingen des Haushaltes und der Pflege meiner Person unterwiesen. Und was meine Füße betrifft, so kann doch gewiß niemand große, derbe Füße vorziehen, die denen einer Bauerntochter gleichen. Es war nicht ich, von der sie gesprochen haben – es kann nicht ich gewesen sein!

3

Als ich dem Hause meiner Mutter Lebewohl gesagt hatte und in die rote Sänfte stieg, in der man mich ins Haus meines Gatten tragen sollte, hätte ich mir nicht träumen lassen, daß ich ihm mißfallen könnte. Denn ich erinnerte mich voll Freude, daß ich klein bin und zart gebaut und ein ovales Gesicht habe, das die anderen gerne betrachten. Darin wenigstens sollte er nicht enttäuscht sein.

Während der Weinzeremonie warf ich ihm unter den roten Seidenfäden meines Schleiers einen verstohlenen Blick zu. Ich sah ihn dort stehen in seinen steifen, schwarzen, fremdartigen Kleidern. Er war gerade und hochgewachsen wie ein junges Bambusrohr. Meinem Herzen wurde gleichzeitig heiß und kalt. Ich erstarb vor Verlangen nach einem heimlichen Blick. Doch sein Auge wandte sich nicht, um durch meinen Schleier zu schauen. Wir tranken gemeinsam die Becher mit Wein. Wir verneigten uns vor seinen Ahnentafeln. Ich kniete mit ihm vor seinen erhabenen Eltern. Ich wurde ihre Tochter und schied für immer aus meiner Familie und Sippe. Er sah mich jedoch kein einziges Mal an.

Als am Abend das Gelage, das Necken und Lachen ein Ende genommen hatten, saß ich allein auf meinem Lager im Brautgemach. Ich erstickte beinahe vor Angst. Die Stunde, die ich mir mein ganzes Leben lang ausgemalt, die ich gefürchtet und ersehnt hatte, war gekommen – die Stunde, da mein Gatte zum erstenmal mir ins Gesicht sehen und mit mir allein sein würde. Meine kalten Hände waren in meinem Schoß aneinandergepreßt. Da trat er ein, noch immer so groß und düster, in dieser dunklen, ausländischen Tracht. Er kam sogleich auf mich zu, hob schweigend den Schleier von meinem Antlitz und sah mich lange an. So nahm er mich als Gattin auf. Dann ergriff er eine meiner kalten Hände. Die Weisheit meiner Mutter hatte mich gelehrt:

»Sei lieber kühl als warm. Sei lieber die Herbheit des Weines als die zur Last werdende Süße des Honigs. Dann wird seine Begierde nie erlöschen.«

Darum zauderte ich, ihm die Hand zu reichen. Sogleich zog er die seine zurück und blickte mich schweigend an. Dann begann er ruhig und ernst zu sprechen. Zuerst konnte ich wegen des Wunders, daß seine Stimme in meinen Ohren klang, seine Worte nicht verstehen. Es war eine ruhige, tiefe Männerstimme, die mich jählings vor Scheu erbeben ließ. Dann vernahm ich staunend seine Worte. Was sagte er?

»Es ist nicht anzunehmen, daß du Zuneigung zu mir fühlst, zu einem Mann, den du zum erstenmal siehst, so wie ich dich zum erstenmal sehe. Du bist zu dieser Ehe gezwungen worden, ebenso wie ich. Bis jetzt sind wir in dieser Angelegenheit hilflos gewesen. Nun aber, da wir allein sind, können wir unser Leben nach unseren eigenen Wünschen gestalten. Was mich betrifft, so will ich die neuen Wege gehen. Ich wünsche, dich in allen Dingen als mir gleichstehend zu betrachten. Ich werde dich niemals zu etwas zwingen. Du bist nicht mein Eigentum – und nicht meine Habe. Du kannst mir ein Freund sein, wenn du willst.«

Das waren die Worte, die ich in meiner Brautnacht hörte. Zuerst war ich so verblüfft, daß ich ihren Sinn nicht verstand. Ich ihm gleichstehend? Aber warum nur? War ich denn nicht seine Frau? Wenn nicht er mir sagte, was ich zu tun hatte, wer sonst sollte es mir sagen? War er nicht nach dem Gesetze mein Herr? Niemand hatte mich gezwungen, ihn zu heiraten – was hätte ich bloß beginnen sollen, wenn ich nicht heiratete? Und wie hätte ich heiraten können, wenn nicht so, daß meine Eltern es bestimmten? Und wen hätte ich heiraten sollen, außer den Mann, dem ich mein ganzes Leben lang verlobt war? Alles entsprach genau unseren Sitten. Ich vermochte nicht einzusehen, wie darin irgendein Zwang liegen konnte.

Dann brannten mir wieder seine Worte im Sinn: »Du bist dazu gezwungen worden, ebenso wie ich.« Ich fühlte mich plötzlich ganz matt vor Furcht. Wollte er damit sagen, er wünsche nicht, mit mir verheiratet zu sein?

Oh, meine Schwester, welche Angst – welche bittere Pein! Ich begann die Hände im Schoß zu ringen, wagte nicht zu sprechen, wußte nicht, was ich erwidern sollte. Er legte seine Hand auf meine beiden, und eine Weile schwiegen wir. Ich aber hatte nur den einen Wunsch, er möge seine Hand fortnehmen. Ich fühlte seine Blicke auf meinem Gesicht. Endlich sprach er, und seine Stimme klang leise und bitter:

»Es ist, wie ich gefürchtet habe. Du wirst mir deine Gedanken nicht enthüllen - du kannst es nicht. Du wagst nicht, dich von dem loszureißen, was man dich zu dieser Gelegenheit sagen und tun gelehrt hat. Höre mich an - ich verlange nicht von dir, daß du sprechest. Aber ich bitte dich um ein kleines Zeichen. Wenn du bereit bist, mit mir den neuen Weg zu versuchen, dann neige den Kopf ein wenig tiefer.«

Er beobachtete mich scharf, und ich konnte fühlen, wie seine Hände stetig und fest die meinen drückten. Was meinte er? Warum konnte nicht alles so geschehen, wie ich es erwartet hatte? Ich war bereit, sein Weib zu sein. Ich wünschte die Mutter seiner Söhne zu werden. Oh, damals begann mein Kummer, diese Bedrückung, die nie von mir weicht, weder bei Tag noch bei Nacht. Ich wußte mir keinen Rat, und in meiner Verzweiflung und Unwissenheit neigte ich den Kopf.

»Ich bin dir dankbar«, sagte er, während er sich erhob und seine Hände zurückzog. »Bleib ruhig in diesem Zimmer. Vergiß nicht, daß du nichts zu fürchten hast, weder jetzt noch späterhin. Bleib in Frieden. Ich werde heute in der kleinen Stube nebenan schlafen.«

Er wandte sich rasch ab und ging.

Oh, Kuan-yin, Göttin der Gnade, hab Erbarmen mit mir - hab Erbarmen mit mir! Ein solches Kind - so jung, so geängstigt in dieser Einsamkeit! Niemals noch habe ich außerhalb meines Vaterhauses geschlafen, und jetzt allein daliegen und endgültig wissen, daß ich vor seinen Augen keine Gnade gefunden habe! -

Ich lief zur Tür, denn ich dachte in meiner Verwirrung, ich könnte fliehen und ins Haus meiner Mutter zurückkehren. Doch als meine Hand auf dem schweren

Eisenriegel lag, kam ich zur Besinnung. Für mich konnte es nie mehr eine Rückkehr geben. Selbst dann, wenn ich, dank einem Wunder, durch die unbekannten Höfe meines neuen Heims entrinnen konnte, lag draußen die fremde Straße; selbst wenn ich, dank einem Wunder, den Weg zu dem vertrauten Tor meines Heims gefunden hätte, es hätte sich nie wieder geöffnet, mich einzulassen. Und wenn selbst meine Stimme den alten Torwächter gerührt und er mir erlaubt hätte, durch die Tür meiner Kindheit zu taumeln, im Innern hätte meine Mutter gewartet, um mich wieder zu meiner Pflicht zu weisen. Ich konnte sie vor mir sehen, unerbittlich, leidvoll, wie sie mir befahl, unverzüglich ins Haus meines Gatten zurückzukehren. Ich gehörte ihrer Familie nicht mehr an.

So zog ich langsam die Brautkleider vom Leibe, faltete sie zusammen und legte sie fort. Lange Zeit saß ich auf der Kante des großen Himmelbettes und hatte Angst, in diese Schatten zu kriechen. Jene Worte wirbelten toll und ohne Sinn in meinem Kopf. Schließlich quollen mir Tränen aus den Augen, ich glitt unter die Decke und schluchzte viele müde Stunden, bis ein leichter, unruhiger Schlaf über mich kam.

Um die Morgendämmerung erwachte ich und war zuerst erstaunt, als ich das fremde Zimmer sah, dann aber erlag ich in einem Ansturm jammervoller Erinnerungen. Eilig stand ich auf, um mich anzukleiden. Als die Magd mit dem heißen Wasser kam, lächelte sie und blickte forschend um sich. Ich richtete mich hoch auf. Ich war froh, daß ich von meiner Mutter Würde gelernt hatte. Wenigstens sollte niemand erfahren, daß ich meinem Gatten mißfiel. Ich sagte:

»Bring deinem Herrn das Wasser. Er kleidet sich im Nebenzimmer an.«

Dann legte ich stolz roten Brokat an und hängte mir goldene Ringe in die Ohren.

Ein Mond ist vergangen, seit wir einander begegnet sind, meine Schwester! Mein Leben ist wirr von seltsamen Ereignissen.

Wir sind fortgezogen aus dem Hause seiner Ahnen! Er wagte zu sagen, seine erhabene Mutter sei herrschsüchtig und er dulde nicht, daß seine Frau eine Dienerin im Hause sei.

Das Ganze hatte eigentlich einen sehr geringfügigen Anlaß. Als die Hochzeitsfeierlichkeiten vorüber waren, stellte ich mich seiner Mutter folgendermaßen vor: ich stand frühzeitig auf, rief eine Sklavin, ließ mir von ihr heißes Wasser bringen, goß es in ein Bronzebecken und ging dann, während die Sklavin mir voranschritt, zu der Mutter meines Gatten.

Ich verbeugte mich und sagte ihr:

»Ich bitte die Erhabene, sie möge geruhen, sich durch ein Bad in diesem heißen Wasser zu erfrischen.«

Sie lag im Bett, eine gewaltige Masse unter den Atlasdecken, einem Berge gleich. Ich wagte nicht, sie anzusehen, während sie sich aufsetzte, um Hände und Gesicht zu waschen. Als sie fertig war, gab sie mir wortlos durch einen Wink den Befehl, das Waschbecken fortzunehmen und mich zurückzuziehen. Ich weiß nicht, ob meine Hand sich in den schweren Seidenvorhängen des Bettes verfing oder ob meine Hände zitterten – ich hatte Angst –, doch als ich das Becken aufhob, geriet es ins Schwanken, und ein wenig Wasser wurde aufs Bett verspritzt. Ich fühlte, wie meine Pulse vor Furcht stockten. Meine Schwiegermutter rief zornig, mit heiserer Stimme:

»Was soll das heißen! Das nenne ich mir eine Schwiegertochter!«

Ich wußte, daß ich nichts zu meiner Entschuldigung sagen durfte. Darum wandte ich mich und ging, unsicher das Becken in Händen haltend, weil Tränen meine Augen blendeten, aus dem Zimmer. Als ich durch die

Tür trat, kam gerade mein Gatte vorbei, und ich sah, daß er aus irgendeinem Grunde zornig war. Ich fürchtete, er werde mich nun schelten, weil ich bei dieser ersten Gelegenheit seiner Mutter nicht gefallen hatte. Ich konnte die Hände nicht heben, um mir die Tränen fortzuwischen, und ich fühlte, daß sie hervorquollen und sich sammelten und über meine Wangen strömten. Ich murmelte albern wie ein Kind:

»Das Becken war schlüpfrig.«

Doch er unterbrach mich:

»Ich mache dir keinen Vorwurf. Aber ich will nicht länger dulden, daß meine Gattin solche Mägdearbeit verrichte. Meine Mutter hat hundert Sklavinnen.«

Da versuchte ich, ihm zu sagen, daß ich den Wunsch hegte, seiner Mutter den geziemenden Gehorsam zu bezeigen. Meine Mutter hatte mich sorgfältig in all den Aufmerksamkeiten unterwiesen, die eine Schwiegertochter der Mutter ihres Gatten schuldet. Ich habe mich in ihrer Gegenwart höflich zu erheben und stehen zu bleiben. Ich führe sie an den Ehrenplatz. Ich reinige ihre Teetasse, gieße langsam den frisch bereiteten grünen Tee ein und kredenze die Tasse sorgfältig mit beiden Händen. Ich darf ihr nichts verweigern. Ich muß sie betreuen wie meine eigene Mutter, und ihre Vorwürfe, mögen sie noch so ungerecht sein, muß ich schweigend tragen. Ich bin bereit, mich ihr in allen Dingen zu unterwerfen. – Doch der Entschluß meines Gatten stand fest. Er achtete auf keines meiner Worte.

Es läßt sich denken, daß diese Veränderung nicht leicht vor sich ging. Seine Eltern gaben ihm sogar den ausdrücklichen Befehl, er habe nach althergebrachter Sitte im Hause seiner Ahnen zu bleiben. Sein Vater ist Gelehrter, klein und zart und gebückt vom Studium. Er saß zur Rechten des Tisches in der Wohnhalle unter den Ahnentafeln, strich sich dreimal den schütteren weißen Bart und sagte:

»Mein Sohn, bleib in meinem Hause. Was mein ist, ist dein. Hier ist reichlich Speise und Platz. Du brauchst deinen Körper nicht durch harte Arbeit zu schwächen. Verbring deine Tage in würdiger Muße und mit den Studien, die deinen Wünschen zusagen. Laß jene Frau, die Schwiegertochter deiner geehrten Mutter, Söhne gebären. Drei Generationen von Männern unter demselben Dach, das ist ein Anblick, der dem Himmel wohlgefällt.«

Doch mein Gatte ist rasch und ungeduldig. Ohne innezuhalten, um sich vor seinem Vater zu verbeugen, rief er:

»Aber ich will arbeiten, mein Vater! Ich bin in einem wissenschaftlichen Berufe geschult, dem edelsten Beruf in der Welt des Westens. Und Söhne – sie sind nicht mein erster Wunsch. Ich will nur Früchte meines Hirns zum Besten meines Landes. Ein jeder Hund kann die Erde füllen mit den Früchten seines Leibes!«

Ich lugte durch die blauen Türvorhänge, und als ich den Sohn so zum Vater sprechen hörte, faßte mich Entsetzen. Wäre er der älteste Sohn gewesen oder in der alten Art erzogen, niemals hätte er seinem Vater solchen Widerstand leisten dürfen. Die Jahre in jenen fernen Ländern, wo die Jungen die Alten nicht ehren, hatten ihm den kindlichen Gehorsam geraubt. Freilich sprach er beim Abschied höfliche Worte zu seinen Eltern und gelobte, ihnen allezeit ein liebevoller Sohn zu sein. Aber dennoch, wir sind fortgezogen!

So etwas wie dieses neue Haus habe ich wohl nie gesehen. Es hatte keine Höfe. Bloß eine winzige viereckige Halle, die zu anderen Räumen führt und von der eine Treppe steil in die Höhe steigt. Als ich zum erstenmal diese Treppe emporkletterte, hatte ich Angst, wieder hinuntergehen zu müssen, denn an solche Steilheit waren meine Füße nicht gewöhnt. Darum setzte ich mich nieder und glitt von Stufe zu Stufe hinab, wobei ich mich an dem hölzernen Geländer festhielt. Nachher bemerkte ich, daß ein wenig von der frischen Farbe auf meiner Jacke geblieben war, und ich eilte, mich umzukleiden, damit mein Gatte nicht fragte und meine Angst verlachte. Er lacht rasch, plötzlich und laut. Ich habe Angst vor seinem Lachen.

Was das Anordnen der Möbel betraf, wußte ich nicht, wie ich sie in einem solchen Haus aufstellen sollte. Für nichts war Platz da. Ich hatte als Teil meiner Ausstattung einen Tisch und Stühle aus massigem Teakholz aus dem Hause meiner Mutter mitgebracht und ein Bett, das ebenso groß war wie das Ehebett meiner Mutter. Mein Gatte stellte den Tisch und die Stühle in einen minderen Raum, den er »Speisezimmer« nennt, und das große Bett, von dem ich gedacht hatte, es werde die Geburtsstätte meiner Söhne sein, war überhaupt in keinem einzigen der kleinen Zimmer oben unterzubringen. Ich schlafe auf einem Bambusbett, das dem Lager einer Dienerin gleicht, und mein Gatte, der schläft auf einem Eisenbett, das schmal ist wie eine Bank und in einem anderen Zimmer steht. Ich kann mich an soviel Seltsames nicht gewöhnen.

In dem Hauptgemach, dem »Wohnzimmer«, wie er es nennt, stehen Stühle, die er selbst gekauft hat; seltsame, mißgestaltete Dinge sind das, kein einziger dem anderen gleich, und manche gar nur aus gewöhnlichem Schilf geflochten! In der Mitte dieses Raumes hat er einen kleinen Tisch aufgestellt, darauf eine Decke aus gewöhnlicher Seide gelegt und darauf ein paar Bücher. Das ist sehr häßlich.

An die Wände hängte er eingerahmte Photographien seiner Schulkameraden und ein viereckiges Stück Filztuch mit fremden Buchstaben darauf. Ich fragte ihn, ob dies sein Diplom sei, und er lachte darüber sehr. Er holte sodann sein Diplom hervor. Es ist ein Stück getrocknete Haut, mit sonderbaren schwarzen Zeichen beschrieben.

Er zeigte mir darauf seinen Namen, hinter dem merkwürdige Schnörkel stehen. Die ersten beiden bedeuten sein College und die nächsten beiden seine Ausbildung als Arzt der westlichen Heilkunde. Ich fragte ihn, ob diese Zeichen an Rang unserem alten »han-lin« entsprächen, doch er lachte wieder und sagte, hier gebe es keinen Vergleich.

Das Diplom nimmt hinter Glas und Rahmen den Ehrenplatz an der Wand ein, dort wo in der Gästehalle im Hause meiner Mutter das ehrwürdige Gemälde des alten Ming-Kaisers hängt.

Ach, dieses abscheuliche, westliche Haus! Wie, so dachte ich, soll ich das je als mein Heim empfinden? Die Fenster haben große Scheiben aus klarem Glas, statt der geschnitzten Latten mit dem undurchsichtigen Reispapier. Das grelle Sonnenlicht glänzt auf den weißen Wänden und scheucht jedes Staubkörnchen von den Möbeln auf. Ich bin dieses erbarmungslose Licht nicht gewohnt. Wenn ich mir Purpur auf die Lippen lege und weichen Reispuder auf die Stirn, so wie man mich gelehrt hat, entlarvt dieses Licht alles, und mein Gatte sagt:

»Ich bitte dich, bemale dich nicht so; mir gefällt es besser, wenn Frauen natürlich aussehen.«

Und doch – die Weichheit des Puders und die Wärme des Purpurs verschmähen, heißt den machtvollen Eindruck der Schönheit unvollendet lassen. Es ist genau so, als ob ich mein Haar für geordnet hielte, ohne daß ich ihm die letzte Glätte durch Öl gegeben hätte, oder als ob ich Schuhe ohne Stickerei anlegte. In einem chinesischen Haus ist das Licht durch Gitterwerk und Schnitzereien gedämpft und fällt sanft auf die Gesichter der Frauen. Wie aber soll ich in einem solchen Hause hübsch sein vor den Augen meines Gatten?

Überdies sind diese Fenster albern. Mein Gatte kaufte weißen Stoff und sagte mir, ich solle Vorhänge anfertigen, und ich wunderte mich, daß man zuerst ein Loch in die Mauer macht und Glas einsetzt, und dieses Loch dann mit Stoff verhängt.

Was die Fußböden betrifft, so sind sie aus Holz, und die ausländischen Schuhe meines Gatten klappern bei jedem Schritt. Dann hat er schweres, geblümtes Wollzeug gekauft und es in großen Vierecken auf die Böden gelegt. Das setzte mich in großes Erstaunen. Ich hatte Angst, wir könnten sie beschmutzen, oder das Gesinde werde sich vergessen und daraufspucken. Doch er war sehr entrüstet, als ich das erwähnte, und er sagte, er dulde nicht, daß man in seinem Hause auf den Boden spucke.

»Ja, wohin denn, wenn nicht auf den Boden?« fragte ich.

»Draußen, wenn man es schon tun muß«, erwiderte er kurz.

Aber das war sehr schwer für die Dienerschaft, und selbst ich vergaß es manchmal und spuckte die Schalen der Wassermelonenkerne auf die Tücher. Da kaufte er kleine flache Schüsseln für jeden Raum und zwang uns, sie zu verwenden. Seltsam, er selbst benützt ein Tuch, das er dann sogar wieder in die Tasche steckt. Eine höchst widerliche westliche Gewohnheit!

4

Ai-ya! Es gibt Stunden, da ich auf und davon möchte, wenn ich nur die Möglichkeit dazu fände! Aber ich darf unter solchen Umständen nicht wagen, wieder vor das Antlitz meiner Mutter zu treten, und kann sonst nirgends hin. Die Tage schleppen sich, einer nach dem anderen - lange, einsame Tage. Denn mein Gatte arbeitet wie ein Knecht, der sich den Reis, den er ißt, selbst verdienen muß, und nicht wie das, was er ist, der Sohn eines reichen Beamten. Früh am Morgen, ehe noch der

Tag die volle Wärme der Sonne aufgespeichert hat, ist er schon zu seiner Arbeit gegangen und hat mich bis zum Abend in diesem Hause allein gelassen. Niemand ist da außer dem fremden Gesinde in der Küche, und ich schäme mich, auf ihr Klatschen zu hören.

Wehe mir, manchmal meine ich, es wäre besser, seine Mutter zu bedienen und mit meinen Schwägerinnen in den Höfen zu leben! Wenigstens würde ich dann Stimmen und Lachen hören. Hier liegt den ganzen Tag Schweigen über dem Haus gleich einem Nebel.

Ich kann nur dasitzen und nachdenken und träumen, wie ich Macht gewinnen könnte über sein Herz!

Am Morgen stehe ich früh auf und bereite mich, vor ihm zu erscheinen. Selbst wenn ich aus Unruhe in der Nacht nicht geschlafen habe, erhebe ich mich zeitig und wasche mir das Gesicht in dampfendem, duftendem Wasser und glätte es mit Ölen und Wohlgerüchen, denn es verlangt mich, sein Herz unversehens des Morgens zu fesseln. Doch so früh ich auch aufstehen mag, er sitzt immer schon an seinem Tisch und studiert.

Jeden Tag ist es dasselbe. Ich huste leise und drehe ganz, ganz leicht die runde Klinke seiner Tür. - Ah, diese sonderbaren harten Knöpfe, wie viele Male habe ich sie drehen und wieder drehen müssen, bis ich ihr Geheimnis erlernte! Er ist ungeduldig, wenn ich mich nicht geschickt zeige, daher übe ich in seiner Abwesenheit. Doch auch jetzt gleiten am frühen Morgen meine Finger manchmal von dem glatten, harten Porzellan ab, und dann wird mir bange ums Herz, während ich mich bemühe, flink zu sein. Er verabscheut Langsamkeit und bewegt sich beim Gehen so schnell, daß ich Angst habe, er werde Schaden nehmen.

Er tut überhaupt nichts, um seinen Körper zu schützen. Tag für Tag, wenn ich ihm in der Morgenkühle den heißen Tee reiche, nimmt er ihn, ohne den Blick von seinem Buche zu heben. Was nützt es also, daß ich schon in der Dämmerung eine Magd fortgeschickt habe, um frischen Jasmin für mein Haar zu kaufen? Selbst dieser Duft stiehlt sich nicht durch die Seiten des ausländischen Buches. Und an elf Tagen von zwölf entdecke ich, wenn ich in seiner Abwesenheit zurückkomme und nachsehe, ob er seinen Tee getrunken hat, daß er nicht einmal den Deckel von der Schale gehoben hat und daß die Blätter ungestört in der blassen Flüssigkeit schwimmen. Er kümmert sich um nichts, außer um seine Bücher.

Ich habe über alles nachgegrübelt, was mich meine Mutter gelehrt hat, damit ich Wohlgefallen vor meinem Manne finde. Ich bereitete schmackhafte Speisen, um seinen Gaumen zu kitzeln. Ich schickte einen Diener aus, und er kaufte frisch geschlachtete Hühnchen und Bambussprosen aus Hangtschau und Mandarinenfische und Ingwer und braunen Zucker und Sojabohnentunke. Den ganzen Vormittag kochte ich und vergaß nichts von alldem, was, wie man mir gesagt hat, die Fülle und Zartheit des Wohlgeschmackes vermehrt. Als alles fertig war, ordnete ich an, daß die Speisen zum Ende des Mahles aufgetragen würden, auf daß er aufrufen könne:

»Ah, das Beste ist bis zum Schlusse aufgehoben worden. Das ist ein Mahl für einen Kaiser!«

Doch als die Speisen kamen, nahm er sie ohne jede Bemerkung als einen Teil der Mahlzeit entgegen. Er achtete kaum auf ihren Geschmack und verlor kein Wort darüber. Ich saß da und beobachtete ihn eifrig, aber er sagte nichts und aß die Bambussprossen, als wären sie Kohl aus einem Bauerngarten!

Als an jenem Abend der Schmerz meiner Enttäuschung nachließ, sagte ich zu mir:

»Das kommt daher, daß es nicht seine Lieblingsgerichte waren. Da er nie sagt, was er gerne mag, werde ich zu seiner Mutter schicken und sie fragen, was er in seiner Jugend gern gegessen hat.«

Ich sandte daher einen Diener ab, doch die Mutter meines Gatten antwortete:

»Ehe er die vier Meere überquerte, liebte er Entenfleisch, braun gebraten und in den gesulzten Saft wilder Hagebutten getaucht. Doch seit er sich viele Jahre von der barbarischen und halbgaren Kost der westlichen Länder nährte, hat er den Geschmack verloren und legt keinen Wert auf köstliche Speisen.«

Daher machte ich keinen Versuch mehr. Es gibt nichts, was mein Gatte von mir wünschte. Er braucht nichts von dem, was ich ihm geben kann.

Eines Abends, nachdem wir vierzehn Tage in dem neuen Hause verbracht hatten, saßen wir zusammen im Wohnzimmer. Bei meinem Eintreten las er in einem seiner großen Bücher, und als ich zu meinem Platze ging und dabei an ihm vorbeikam, sah ich auf das Bild in dem Buch, und es war eine aufrechtstehende menschliche Gestalt, aber zu meinem Entsetzen ohne Haut – nur blutiges Fleisch. Ich war zutiefst erschrocken und erstaunt, daß er solche Dinge las, aber ich wagte nicht, ihn danach zu fragen.

Ich setzte mich auf einen der seltsamen Schilfsessel, lehnte mich aber nicht zurück, weil es unschicklich ist, sich in Gegenwart anderer anzulehnen. Mir war bange nach dem Hause meiner Mutter und ich entsann mich, daß um diese Stunde alle beim flackernden Kerzenlicht zur Abendmahlzeit versammelt sind, alle, die Konkubinen und ihre lärmenden kleinen Kinder. Dort sitzt meine Mutter auf ihrem Platz an der Spitze der Tafel, und das Gesinde bringt unter ihrer Anleitung die Schalen mit Gemüse und dampfendem Reis und die klappernden Eßstäbchen für alle. Jedermann ist mit dem Essen beschäftigt und freut sich. Mein Vater kommt nach der Mahlzeit herein, um mit den Kindern der Konkubinen ein wenig zu spielen. Und wenn die Arbeit vorbei ist, setzen sich die Diener in den Hof auf kleine Schemel und flüstern miteinander im Dämmerlicht. Meine Mutter rechnet am Eßtisch mit dem Küchenmeister ab, während eine große rote Kerze ihr schwankendes Licht versprüht.

Oh, wie sehnlich wünschte ich, dort zu sein! Ich würde zwischen den Blumen umhergehen und in den Lotoshülsen nachsehen, ob die Samenkerne schon reif seien. Es war jetzt Spätsommer und fast schon an der Zeit. Vielleicht würde mich meine Mutter, wenn der Mond aufging, die Harfe holen und ihr die Weisen vorspielen heißen, die sie liebt, und meine rechte Hand würde die Melodie führen, während die linke sie begleitete.

Bei diesem Gedanken stand ich auf, um mein Instrument zu holen. Ich nahm es behutsam aus dem Lackkasten, auf dem die Gestalten der acht Musikgeister in Perlmutter eingelegt sind. Innen, auf der Harfe selbst, sind verschiedene Hölzer unter den Saiten zusammengefügt, und jedes dieser Holzstückchen trägt seine eigene Note zur Fülle des Klanges bei, wenn die Saiten berührt werden. Das Instrument und sein Lackkasten hatten der Mutter meines Vaters gehört und waren ihr von ihrem Vater aus Kuangtung mitgebracht worden, als sie aufgehört hatte, über das Einbinden ihrer Füße zu weinen.

Ich griff leicht in die Saiten. Sie gaben einen dünnen, wehmütigen Ton. Diese Harfe ist die alte Harfe meines Volkes, und man soll sie unter Bäumen spielen, im Mondschein vor einem stillen Wasser. Da singt sie mit süßer Feenstimme. Doch in diesem stummen ausländischen Raum klang sie erstickt und matt. Ich zögerte – dann spielte ich ein kleines Lied aus der Ära Sung.

Mein Gatte blickte auf.

»Das ist sehr hübsch«, sagte er freundlich. »Ich freue mich, daß du es spielen kannst. Eines Tages werde ich dir ein Piano kaufen, dann kannst du lernen, auch westliche Musik zu spielen.« Hierauf wandte er sich wieder seiner Lektüre zu.

Ich blickte ihn an, während er dieses abscheuliche Buch las, und fuhr fort, die Saiten sehr leise anzuschlagen, ohne zu wissen, was sie sangen. Ich hatte noch nie im Leben ein Piano auch nur gesehen. Was sollte ich mit einem so fremdländischen Ding beginnen? Dann konnte ich plötzlich nicht weiterspielen. Ich legte die Harfe fort und saß mit gesenktem Kopf und müßigen Händen da.

Nach einem langen Schweigen schloß mein Mann sein Buch und blickte mich nachdenklich an.

»Kuei-lan«, sagte er.

Mein Herz zuckte zusammen. Es war das erstemal, daß er mich beim Namen nannte. Was hatte er mir endlich zu sagen? Schüchtern blickte ich zu ihm auf. Er fuhr fort: »Schon seit unserer Heirat will ich dich fragen, ob du dir nicht die Füße aufbinden möchtest. Diese Verstümmelung ist schädlich für deinen ganzen Körper. Schau her, so sehen deine Knochen aus.«

Er nahm einen Bleistift und kritzelte hastig auf ein Blatt seines Buches einen entsetzlichen, nackten, verkrüppelten Fuß. Woher wußte er das? Ich hatte nie in seiner Gegenwart meine Füße entblößt. Wir Chinesinnen zeigen unsere Füße niemals fremden Blicken. Selbst nachts tragen wir Strümpfe aus weißem Tuch.

»Woher weißt du das?« keuchte ich.

»Weil ich ein im Westen geschulter Arzt bin«, erwiderte er. »Und dann möchte ich auch deshalb, daß du sie aufbindest, weil sie nicht schön sind. Außerdem ist das Einbinden der Füße nicht mehr modern. Vielleicht bestimmt dich das?« Er lächelte leicht und blickte mich nicht ungütig an.

Ich jedoch zog die Füße rasch unter den Sessel. Ich war entsetzt über seine Worte. Nicht schön? Immer war ich auf meine winzigen Füße stolz gewesen! Während meiner ganzen Kindheit hatte meine Mutter persönlich das Aufweichen im heißen Wasser und das jeden Tag fester werdende Wickeln des Verbandes beaufsichtigt, und wenn ich vor Schmerz weinte, erinnerte sie mich daran, daß eines Tages mein Gatte die Schönheit dieser Füße preisen werde.

Ich neigte nun den Kopf, um meine Tränen zu verbergen. Ich dachte an alle jene unruhigen Nächte und an die Tage, da ich nicht essen konnte und kein Verlangen hatte, zu spielen, an die Stunden, da ich auf der Kante meines Bettes saß und meine armen Füße schwingen ließ, um ihnen die Last des Blutes zu erleichtern. Und jetzt, nachdem ich das alles erduldet und der Schmerz erst seit einem kurzen Jahr aufgehört hatte, mußte ich erfahren, daß mein Gatte sie für häßlich hielt!

»Ich kann nicht«, sagte ich mit erstickter Stimme. Ich stand auf und verließ, unfähig, meine Tränen zurückzuhalten, das Zimmer. Nicht daß ich mir gar so viel aus meinen Füßen gemacht hätte, aber wenn selbst meine Füße in ihren verführerisch bestickten Schuhen keine Gnade vor seinen Augen fanden, wie konnte ich je hoffen, seine Liebe zu gewinnen?

Zwei Wochen später ging ich gemäß unserer chinesischen Sitte zu Besuch ins Haus meiner Mutter. Mein Gatte hatte vom Aufbinden der Füße nicht mehr gesprochen. Er hatte mich auch nicht mehr beim Namen genannt.

5

Du bist noch nicht müde, meine Schwester? Dann will ich weitersprechen!

Obwohl ich bloß so kurze Zeit fortgewesen war, schien es mir doch, als ich durch das vertraute Tor trat, als seien hundert Monde dahingegangen, seit man mich in der Brautsänfte aus dem Hause getragen. Damals hatte ich nicht weniges erhofft und vieles gefürchtet. Und wenn ich auch jetzt als verheiratete Frau zurückkam, wenn ich auch die Mädchenfransen auf der Stirn nicht mehr trug und das Haar in einem Knoten gebunden hatte, wußte ich doch, daß ich trotz allem genau dasselbe Mädchen war, nur verängstigter und einsamer und um viele Hoffnungen ärmer.

Meine Mutter schritt mir in den ersten Hof entgegen, auf ihr langes, silberbeschlagenes Pfeifenrohr gestützt. Sie sah ermüdet aus, wie mir schien, und eigentlich noch erschöpfter als früher. Oder vielleicht kam das nur daher, daß ich sie nicht mehr täglich sah. Jedenfalls rührte der nun schärfer geprägte Ausdruck von Trauer in ihren Augen mein Herz, so daß ich sogar wagte, nachdem ich mich verbeugt hatte, ihre Hand zu ergreifen. Sie antwortete mit einem leichten Druck der ihren, und zusammen gingen wir weiter in den Hof der Familie.

Oh, mit welcher Freude ich das alles ansah! Mir war gewesen, als müßte irgendeine große Veränderung eingetreten sein. Doch alles war natürlich und gleich geblieben, ordentlich und ruhig und so, wie es von jeher in den Höfen gewesen, bis auf das Lachen der Konkubinen und ihrer Kinder und auf den Lärm des geschäftigen Gesindes: denn als sie mich sahen, eilten alle lächelnd und geräuschvoll zu meiner Begrüßung herbei. Der Sonnenschein des Frühherbstes strömte über die mit Blumen geschmückten Mauern und die Emailfliesen der Höfe und ließ Sträucher und Teiche erglänzen. Die vergitterten Türen und Fenster an der Südseite der Gemächer waren weit geöffnet, um Wärme und Licht einzulassen, und die eindringenden Sonnenstrahlen funkelten auf den Kanten des geschnitzten Holzes und auf den bemalten Balken im Inneren der Räume. Obwohl ich wußte, daß hier nicht mehr mein Platz war, fand doch mein Gemüt in seinem wahren Heime Ruhe.

Ich vermißte nur eins, ein hübsches, aufreizendes Gesicht.

»Wo ist die Vierte Dame?« fragte ich.

Meine Mutter rief eine Sklavin, ließ sich die Pfeife stopfen und antwortete dann leichthin:

»La-may? Ach, ich habe sie zu Besuch aufs Land geschickt, der Luftveränderung halber.«

Aus diesem Ton erkannte ich, daß ich klug daran täte, nicht weiter zu fragen, doch als ich mich nachher am Abend im Zimmer meiner Kindheit anschickte, schlafen zu gehen, kam die alte Wang Da Ma, um mein Haar zu bürsten und zu flechten, wie sie es immer getan hatte. Und da erzählte sie mir unter anderm mannigfachen Klatsch, daß mein Vater daran denke, eine neue Konkubine zu nehmen, ein Mädchen aus Peking, das in Japan erzogen worden war, und daß die Vierte Dame, als sie davon hörte, ihre schönsten Jadeohrringe verschluckt habe. Zwei Tage lang sagte sie niemandem davon, wenngleich sie heftige Schmerzen litt, und dann entdeckte es meine Mutter. Das Mädchen war dem Tode nahe, und der alte Arzt, den man berief, konnte nicht helfen, obwohl er ihre Hand- und Fußgelenke mit Nadeln durchstach. Ein Nachbar schlug vor, ins ausländische Spital zu gehen, meine Mutter aber erklärte, so etwas sei unmöglich. Wir wüßten nichts von Ausländern. Wie könne zudem ein Fremder verstehen, was einer Chinesin fehle? Ausländische Ärzte mögen ja die Krankheiten ihrer eigenen Leute kennen, weil diese Menschen im Vergleich mit den überaus hochentwickelten und kultivierten Chinesen ganz einfache und barbarische Geschöpfe seien. – Mein Bruder aber war zufällig zum Fest des Achten Mondes gerade zu Hause, und er selbst bat die ausländische Ärztin, zu kommen.

Sie brachte ein sonderbares Werkzeug mit, an dem eine lange Röhre hing. Diese stieß sie der Vierten Dame in die Kehle und sofort kam der Schmuck hervor. Alle waren höchst erstaunt, bis auf die Ausländerin, die ihr Werkzeug zusammenpackte und ruhig ihres Weges ging.

Die anderen Konkubinen zürnten der Vierten Dame sehr, weil sie die guten Jadeohrringe verschluckt hatte. Die Fette fragte:

»Hättest du nicht eine Schachtel voll Zündholzköpfchen essen können, die man um zehn kleine Kupferstücke kaufen kann?«

Die Vierte Dame hatte darauf nichts zu erwidern. Die Leute sagten, niemand habe sie während der Zeit ihrer Genesung essen sehen oder sprechen hören. Sie lag auf ihrem Bett hinter den zugezogenen Vorhängen. Sie hatte viel von ihrem Gesicht verloren, da ihr Versuch erfolglos geblieben war. Und darin lag eigentlich der Grund, warum meine Mutter Mitleid mit ihr faßte und sie fortschickte, um sie den höhnischen Reden der Frauen zu entziehen.

Solche Dinge waren freilich nur kleiner Haushaltsklatsch und fanden keinen Platz in den Gesprächen, die ich mit meiner Mutter führte. Nur deshalb, weil ich das Haus so sehr liebte, hatte ich das Verlangen, alle Einzelheiten zu erfahren, und so schenkte ich dem Geschwätz Wang Da Mas Gehör. Sie ist schon so lange bei uns, daß sie alle unsere Angelegenheiten kennt. Sie ist ja mit meiner Mutter aus deren fernem Heim Shansi gekommen, als meine Eltern heirateten, und sie ist es, die die Kinder meiner Mutter nach der Geburt als erste auf den Armen gehalten hat. Wenn meine Mutter stirbt, wird Wang Da Ma zu der Gattin meines Bruders ziehen und meiner Mutter Enkel betreuen.

Nur eine einzige dieser Erzählungen war von mehr als vorübergehender Bedeutung. Mein Bruder hat sich entschlossen, ins Ausland zu gehen, nach Amerika, um dort weiter zu studieren! Meine Mutter sagte mir nichts davon, aber Wang Da Ma erzählte, als sie mir am ersten

Morgen nach meiner Rückkehr das heiße Wasser brachte, leise flüsternd, mein Vater habe über die neue Schrulle des Sohnes gelacht, schließlich aber seine Zustimmung zu der Reise gegeben, weil es heutzutage vornehm ist, die Söhne im Ausland studieren zu lassen, und weil auch seine Freunde das tun. Meine Mutter war sehr unglücklich über diese Wendung - unglücklicher, als sie je im Leben über irgend etwas gewesen, so sagte mir Wang Da Ma, es sei denn zu jener Zeit, da mein Vater seine erste Konkubine nahm. Als sie sah, daß mein Bruder wirklich wegfahren werde, wies sie drei Tage lang jede Nahrung zurück und sprach mit niemandem. Doch sie erkannte schließlich, daß er um jeden Preis über das Stille Meer reisen wollte, und sie bat ihn, vorher noch seine Verlobte zu heiraten, auf daß diese ihm einen Sohn gebäre.

Meine Mutter sagte:

»Wenn du schon nicht verstehen willst, daß dein Fleisch und Blut nicht dir allein gehören, wenn du schon starrsinnig und rücksichtslos bist und dich ohne jeden Gedanken an deine Pflicht in die Gefahren jenes barbarischen Landes stürzen willst, so vererbe wenigstens einem anderen die geheiligte Linie deiner Ahnen, auf daß ich, wenn du stirbst - ach, mein Sohn! - meinen Enkel schaue.«

Mein Bruder aber erwiderte starrsinnig:

»Mich verlangt nicht nach der Ehe. Ich wünsche nur mehr, die Wissenschaft zu studieren und alles zu lernen, was mit ihr zusammenhängt. Mir wird nichts zustoßen, meine Mutter. Wenn ich zurückkomme, bin ich bereit - aber nicht jetzt - nicht jetzt!«

Da sandte meine Mutter meinem Vater Botschaft und forderte, er möge den Sohn zur Heirat zwingen. Aber mein Vater war nachlässig in dieser Sache, da er mit den Abmachungen, betreffend die neue Konkubine, beschäftigt war, und mein Bruder durfte tun, wie er gewollt.

Ich stand auf der Seite meiner Mutter. Diese Generation ist die letzte in der Linie meines Vaters, da mein Großvater außer meinem Vater keinen Sohn hatte. Auch starben die anderen Söhne meiner Mutter in jungen Jahren, und daher ist es notwendig, daß mein Bruder so rasch wie möglich einen Sohn zeuge, auf daß die meiner Mutter den Ahnen gegenüber obliegende Pflicht erfüllt werde. Aus diesem Grunde ist er seit seiner Kindheit der Tochter Lis verlobt. Ich habe sie zwar nicht gesehen, aber freilich gehört, sie sei nicht schön. Doch was bedeutet das im Vergleich mit den Wünschen unserer Mutter?

Einige Tage war ich wegen des Ungehorsames meines Bruders besorgt um meine Mutter. Aber sie sprach nie zu mir von der Sache. Sie vergrub diesen Kummer wie alles andere Leid in den unsichtbaren Verstecken ihrer Seele. Wenn meine Mutter sah, daß Kümmernisse sich nicht vermeiden ließen, war es von je ihre Art gewesen, darüber für immer zu schweigen. Daher hörte ich, umgeben von den vertrauten Gesichtern und Mauern und an die wortkarge Würde meiner Mutter gewöhnt, allmählich auf, an den Bruder zu denken.

Natürlich war die erste Frage, die ich in allen Blicken las, jene, die ich gefürchtet und erwartet hatte: wie stand es um meine Aussichten auf einen Sohn? Jedermann stellte die Frage an mich, aber ich wehrte sie alle ab, indem ich durch ein ernstes Neigen des Kopfes lediglich die guten Wünsche, die man mir darbrachte, entgegennahm. Niemand sollte wissen, daß mein Gatte sich nichts aus mir machte – niemand. Und dennoch, meine Mutter konnte ich nicht täuschen!

Eines Abends, nachdem ich schon sieben Tage zu Hause verbracht hatte, saß ich müßig in der Tür, die sich in den großen Hof öffnet. Es war in der Dämmerstunde; die Sklavinnen und Diener beschäftigten sich mit der Abendmahlzeit, und die Gerüche gebackenen Fisches und braun gebratener Ente würzten die Luft. Es war gerade im letzten Schimmer des Zwielichtes, und die Chrysanthemen im Hof standen schwer vor Verheißung. Die Liebe zum Heim und zu der alten Umgebung lag warm in meiner Seele. Ich erinnere mich, daß ich sogar liebkosend die Hände auf das Schnitzwerk der Tür legte, da ich das alles liebte und mich sicher fühlte, hier, wo meine Kindheit verlaufen war, so ruhig verlaufen, daß sie mir entschwand, ehe ich es überhaupt bemerkte. Alles hier war mir so innig lieb: das stille Dunkel, das sich auf die geschwungenen Dächer senkte, die Kerzen, die in den Zimmern angezündet wurden, der scharfe Duft der Speisen, die Stimmen der Kinder und das weiche Geräusch ihrer Tuchschuhe auf den Fliesen. Ah, ich bin die Tochter eines alten chinesischen Hauses mit alten Sitten, alten Einrichtungsgegenständen, alten, wohlerprobten Beziehungen, sicher, gesichert! Ich weiß, wie man da leben kann!

Dann dachte ich an meinen Gatten, der jetzt in dem fremdländischen Hause allein beim Tisch saß, seine westlichen Kleider trug und ganz und gar aussah wie ein Fremder. Wie vermochte ich mich seinem Leben einzugliedern? Er brauchte mich nicht! Meine Kehle war zugeschnürt von den Tränen, die ich nicht weinen konnte. Ich war so einsam, um vieles einsamer denn jemals als Mädchen. Einst dachte ich, wie ich dir schon gesagt habe, Schwester, an die Zukunft. Und nun war die Zukunft Gegenwart geworden. Nur Bitterkeit lag in ihr. Die Tränen ließen sich nicht mehr zurückhalten. Ich wandte den Kopf ab, dem Dämmerlicht zu, damit nicht der Kerzenschein auf meine Wangen falle und mich verrate. Da ertönte der Gong, und ich wurde zur Mahlzeit gerufen. Verstohlen trocknete ich mir die Augen und huschte an meinen Platz.

Meine Mutter zog sich früh in ihr Gemach zurück und die Konkubinen gingen in ihre Zimmer. Als ich allein dasaß und meinen Tee trank, erschien plötzlich Wang Da Ma.

»Deine erhabene Mutter gebietet dir, zu kommen«, sagte sie.

Ich antwortete erstaunt: »Aber meine Mutter hat mir schon gesagt, sie werde sich zurückziehen. Von einer Unterredung hat sie nichts erwähnt.«

»Dennoch befiehlt sie dir, zu erscheinen. Ich bin soeben in ihrem Zimmer gewesen«, erklärte Wang Da Ma; dann verließ sie mich ohne weitere Bemerkung.

Als ihre Schritte im Hofe verklungen waren, schob ich den Atlasvorhang zur Seite und trat ins Gemach meiner Mutter. Zu meiner Überraschung lag sie auf dem Bett, neben dem auf einem Tischchen eine einzelne hohe Kerze brannte. Ich hatte unsere Mutter noch nie im Leben dort gesehen. Sie erweckte den Eindruck außerordentlicher Gebrechlichkeit und Ermattung. Ihre Augen waren geschlossen, die Lippen blaß und herabgezogen. Leise trat ich neben das Bett und blieb stehen. Ihr Gesicht war ganz farblos, ein ernstes, zartes Gesicht, und sehr traurig.

»Meine Mutter«, sagte ich sanft.

»Mein Kind«, antwortete sie.

Ich zögerte, denn ich wußte nicht, ob ich mich setzen durfte oder stehen bleiben sollte. Da streckte sie die Hand aus und bedeutete mir, mich neben sie aufs Bett zu setzen. Ich gehorchte und wartete schweigend, bis sie den Wunsch hätte, zu sprechen. In meinem Innern sagte ich: »Sie grämt sich um meinen Bruder in den fernen Ländern.«

Doch war es nicht mein Bruder, an den sie dachte, denn sie wandte jetzt das Gesicht ein wenig zu mir hin und sagte:

»Ich merke, daß es recht schlimm um dich steht, meine Tochter. Schon bei deiner Rückkehr habe ich beobachtet, daß deine gewohnte Miene zufriedener Ruhe verschwunden ist. Du bist rastlos im Gemüt und die Tränen kommen dir zu leicht aus den Augen. Wenn auch deine Lippen nicht davon sprechen, ist es, als ob ein geheimer Kummer sich an dein Gemüt klammerte. Was ist geschehen? Wenn der Grund der ist, daß du noch nicht schwanger bist, so habe Geduld. Es hat zwei Jahre gedauert, ehe ich deinem Vater einen Sohn schenkte.«

Ich wußte nicht, wie ich es ihr sagen sollte. Neben mir hing ein Stück Seidenfaden, der sich von dem bestickten Vorhang des Himmelbettes gelöst hatte, und diesen Faden drehte ich zwischen Daumen und Zeigefinger hin und her, so wie ich im Innern meine Gedanken drehte.

»Sprich!« sagte sie endlich zu mir, beinahe schon strenge.

Ich blickte sie an und – ach, die albernen, albernen Tränen! Sie hinderten mich, auch nur ein Wort hervorzubringen. Sie quollen und quollen empor, bis mir schien, ich hätte keinen Atem mehr zum Leben. Dann brachen sie in einem harten Schluchzen los, und ich grub mein Gesicht in die Decke, die den Körper meiner Mutter verhüllte.

»Ach, ich weiß nicht, was er will!« rief ich. »Er sagt, ich solle ihm gleichgestellt sein, und ich weiß nicht, wie! Er verabscheut meine Füße und sagt, sie seien häßlich, und er zeichnet solche Bilder! Obwohl ich nicht sagen kann, woher er es weiß, denn ich habe sie ihm nie, nie gezeigt.«

Meine Mutter setzte sich auf.

»Ihm gleichgestellt?« fragte sie erstaunt, und die Augen in dem blassen Gesicht wurden groß. »Was meint er damit? Wie kannst du deinem Gemahl gleichgestellt sein?«

»Die Frauen im Westen sind es«, schluchzte ich.

»Ja, aber wir hier sind doch Leute von Verstand. Und deine Füße? Warum macht er Zeichnungen von ihnen? Wie meinst du das?«

»Um mir zu zeigen, daß sie häßlich sind«, flüsterte ich.

»Deine Füße? Aber dann bist du gewiß nachlässig gewesen. Ich habe dir zwanzig Paar Schuhe mitgegeben, du hast sie nicht klug ausgewählt.«

»Er zeichnet nicht das Äußere – die Knochen zeichnet er; sie sind ganz verkrüppelt!«

»Die Knochen? Wer hat je die Knochen im Fuß einer Frau gesehen? Kann das menschliche Auge durchs Fleisch schauen?«

»Seine Augen können es, so sagt er. Denn er ist ein westlicher Arzt.«

»Ai-ya, mein armes Kind!« Meine Mutter legte sich seufzend zurück und schüttelte den Kopf. »Wenn er westliche Zauberei kennt –«

Und dann erzählte ich ihr plötzlich alles, alles – bis ich sogar diese bitteren Worte flüsterte:

»Er kümmert sich nicht einmal darum, ob wir einen Sohn haben werden. Er liebt mich nicht. Oh, meine Mutter, ich bin noch Mädchen!«

Lange herrschte Schweigen. Wieder verbarg ich mein Gesicht in der Decke.

Es schien, als legte sich die Hand meiner Mutter leicht auf meinen Kopf und verweilte einen Augenblick – ich kann es nicht mit Gewißheit sagen, sie hat nie geliebt, ihre Gefühle zu zeigen.

Schließlich aber setzte sie sich gerade auf und begann zu sprechen:

»Ich kann mir nicht vorstellen, daß ich bei deiner Erziehung einen Fehler begangen hätte. Ich kann nicht glauben, daß du einem echten chinesischen Edelmann mißfallen könntest. Ist es denn möglich, daß du mit einem Barbaren verheiratet bist? Doch nein, er stammt ja aus der Familie K'ung. Wer hätte das geahnt! Das sind die Jahre im Ausland! Ich habe darum gebetet, daß dein Bruder sterbe, ehe er in die äußeren Länder zog!« Sie schloß die Augen und legte sich zurück. Ihr schmales Gesicht wurde schärfer.

Als sie wieder sprach, klang es hoch und schwach, als wäre sie ermüdet.

»Dennoch, mein Kind, gibt es auf Erden nur einen Weg für eine Frau - nur einen Weg, den sie um jeden Preis zu gehen hat. Sie muß ihrem Gatten gefallen. Mehr, als ich ertragen kann, ist es, daß alle meine Sorgfalt für dich nun zunichte gemacht werden soll. Aber du gehörst nicht mehr meiner Familie an. Du bist deinem Gatten zu eigen. Es bleibt dir keine Wahl, außer der Erfüllung seiner Wünsche. - Und doch, warte! Versuche noch einmal alles, ihn zu erobern. Kleide dich in Jadegrün und Schwarz. Verwende das Parfüm der Wasserlilie. Lächle - nicht kühn, sondern mit jener Scheu, die alles verspricht. Du magst sogar seine Hand berühren und einen Augenblick festhalten. Wenn er lacht, sei fröhlich. Und bleibt er auch dann ungerührt, ist nichts anderes mehr übrig: du mußt dich seinem Willen beugen.«

»Die Füße aufbinden?« flüsterte ich.

Meine Mutter war eine Weile still.

»Die Füße aufbinden!« sagte sie müde. »Die Zeiten haben sich geändert, du kannst gehen!« Und sie drehte das Gesicht zur Wand.

6

Wie soll ich dir von der Schwere meines Herzens erzählen, Schwester?

Der Tag dämmerte grau und still. Es war nahe am Ende des zehnten Monats, da braunes Laub sachte zur Erde zu flattern beginnt und der Bambus in der Kühle der Morgendämmerung und des Sonnenunterganges erschauert. Ich ging durch die Höfe, verweilte an den

Stellen, die so lange meine Lieblingsplätze gewesen waren, und prägte ihre Schönheit aufs neue und schärfer noch meinem Gedächtnis ein. Ich stand neben dem Teich und lauschte dem leisen Wind, in dem die Blätter und toten Fruchthülsen des Lotos raschelten. Ich saß eine Stunde unter dem knorrigen Wacholderbaum, der schon dreihundert Jahre im Felsengarten des dritten Hofes steht. Ich pflückte ein paar Zweige von dem herrlichen Bambus im Hofe des großen Tores und entzückte mich an den lebhaften scharlachroten Beeren zwischen den dunkelgrünen Blättern. Und dann wählte ich, um etwas zu haben, das mir die ganze Schönheit dieser Höfe wahrte, acht Chrysanthementöpfe aus, die ich mit mir nehmen wollte. Die Blüten standen gerade in ihrer höchsten Vollendung, und ich glaubte, ihr Rot, ihr Gold, ihr blasser Purpur könnten vielleicht die Kahlheit meiner Wohnung ein wenig mildern. So kehrte ich zu meinem Gatten zurück.

Er war nicht zu Hause, als ich in die kleine Halle trat. Die Dienerin sagte mir, er sei bei Sonnenaufgang dringend abberufen worden, sie wisse nicht, wohin. Ich stellte die Chrysanthemen sorgfältig in dem kleinen Wohnzimmer auf, nachdem ich wohl erwogen hatte, wie ich sie am vorteilhaftesten verteilen könnte, um meinem Gatten eine Überraschung zu bereiten. Doch als ich mein Bestes getan hatte, war ich enttäuscht. So üppig sie in dem alten Hofe vor den schwarzen Schnitzereien der Gänge geleuchtet hatten, hier verblaßten sie vor den getünchten Wänden und deren gelbem Anstrich zu einer bloß künstlichen Lieblichkeit.

Ach, und genauso war es mit mir! Ich legte die jadefarbenen Hosen aus Atlas an und die Atlasjacke und darüber die schwarze, ärmellose Samtjacke. Ich schmückte mein Haar mit Jade und Onyx und hängte mir Jaderinge in die Ohren. Ich trug schwarze Schuhe, aus Samt gefertigt und verführerisch geschmückt mit winzigen Goldknöpfen. Ich hatte von La-may, der Vierten Dame im Hause meiner Mutter, den Reiz schminkeloser Wangen, eines roten Hauches auf der Unterlippe und die Zauberwirkung duftender, rosiger Handflächen gelernt. Ich sparte keine Mühe für jenen ersten Abend mit meinem Gatten. Ich sah, daß ich schön war.

Nachdem ich mich angekleidet hatte, saß ich da und wartete darauf, seine Schritte über die Schwelle kommen zu hören. Hätte ich einen scharlachroten Atlasvorhang zur Seite schieben und im zarten Licht eines alten chinesischen Gemaches vor meinem Gatten erscheinen können, ich hätte vielleicht obsiegt! Aber ich mußte die knarrende Stiege unsicher hinabsteigen und ihm dann im Wohnzimmer entgegentreten; dort aber kam mir nichts zu Hilfe. Ich war wie die Chrysanthemen – bloß hübsch.

Mein Gatte kam spät heim und sah sehr müde aus. Auch meine Frische war jetzt schon vergangen, und obwohl er mich recht freundlich begrüßte, blieb sein Blick doch nicht an mir haften. Er bat nur, die Dienerin möge sich mit dem Auftragen der Abendmahlzeit beeilen, denn er habe den ganzen Tag bei einer Kranken zu tun gehabt und seit dem Morgen nichts gegessen.

Wir aßen schweigend. Ich konnte der dummen Tränen wegen kaum schlucken, er aber verzehrte den Reis hastig und saß dann düster vor seinem Tee; gelegentlich seufzte er auf. Endlich erhob er sich müde und sagte:

»Gehen wir ins Wohnzimmer.«

Wir setzten uns, und er fragte flüchtig nach meinen Eltern. Er schenkte meinen Antworten so wenig Aufmerksamkeit, daß ich in meinem Versuch, ihn zu fesseln, schwankend wurde und schließlich verstummte. Zuerst bemerkte er kaum, daß ich aufgehört hatte zu sprechen; dann stand er auf und sagte freundlicher:

»Bitte, mach dir nichts aus meiner Stimmung. Ich freue mich aufrichtig, daß du zurückgekommen bist.

Aber heute habe ich den ganzen Tag gegen Aberglauben und krasse Dummheit kämpfen müssen und bin unterlegen. Ich kann an nichts anderes denken, als daran, daß ich unterlegen bin. Und ich frage mich unausgesetzt: habe ich alles getan, was menschenmöglich war? Gibt es ein Argument, das ich nicht angeführt hätte, um jenes Leben zu retten? Aber ich glaube - ich weiß bestimmt - daß ich alles getan habe - dennoch bin ich unterlegen.

Erinnerst du dich der Familie Yu beim Trommelturm? Ihre Zweite Dame hat heute Selbstmord durch Erhängen verübt! Offenbar konnte sie die Vipernzunge ihrer Schwiegermutter nicht mehr ertragen. Man berief mich, und wohlbemerkt, ich hätte sie retten können! Sie hatte eben erst den Strick festgezogen, als man sie fand - eben erst! Ich bereitete unverzüglich alles vor; doch da kam der Onkel, der Weinhändler. Der alte Herr Yu ist tot, wie du dich erinnern wirst, und der Weinhändler ist jetzt das Haupt der Familie. Er trat polternd und zornig ein und verlangte sogleich, man solle die alten Methoden anwenden. Er ließ die Priester holen, damit sie den Gong schlügen und die Seele der Frau zurückriefen. Und ihre Verwandten versammelten sich und brachten das arme bewußtlose Mädchen - sie war kaum zwanzig - auf dem Fußboden in kniende Stellung, dann stopften sie ihr sorgsam Baumwolle und Stoffetzen in Nase und Mund und banden ihr Tücher ums Gesicht!«

»Aber - aber«, sagte ich. »Das ist üblich - das geschieht doch immer. Weißt du, es ist schon ein so großer Teil der Seele entwichen, daß man den Rest zurückhalten muß, indem man die Öffnungen verschließt.«

Er hatte in seiner Erregung begonnen, im Zimmer auf und ab zu gehen. Nun blieb er mit zusammengepreßten Lippen vor mir stehen. Ich konnte sein rasches Atmen hören. Mit glühenden Blicken starrte er mich an.

»Was?« rief er. »Auch du?«

Ich schrak zurück.

»Ist sie gestorben?« flüsterte ich.

»Gestorben? Würdest nicht auch du sterben, wenn ich das lange genug fortsetzte?« Und er nahm meine Hände in die eine Hand und legte mir mit der andern sein Taschentuch derb über Nase und Mund. Ich machte mich frei und riß das Tuch fort. Er stieß ein Lachen aus, rauh, wie das Bellen eines Hundes, setzte sich nieder und verbarg den Kopf in den Händen. So verharrten wir in einem Schweigen, das drückend war wie ein körperlicher Schmerz. Die Chrysanthemen, die ich mit solcher Sorgfalt im Zimmer aufgestellt hatte, sah er gar nicht.

Ich saß da und beobachtete ihn erstaunt und ein wenig verängstigt. Konnte es möglich sein, daß er schließlich doch recht hatte?

An jenem Abend tat ich meinen Jadeschmuck betrübt in sein Silberetui und legte die Atlaskleider fort. Ich begann zu erkennen, daß ich ganz falsch unterwiesen worden war. Mein Gatte war keiner von jenen Männern, für die eine Frau ebenso deutlicher Sinnenreiz ist wie eine duftende Blüte oder eine Opiumpfeife. Die Vollendung der Schönheit im Körper genügte ihm nicht. Ich mußte lernen, ihm auf andere Art zu gefallen. Ich entsann mich meiner Mutter, wie sie das Gesicht zur Wand gekehrt hatte und mit müder Stimme sagte:

»Die Zeiten haben sich geändert.«

Noch immer konnte ich mich nicht entschließen, mir die Füße aufzubinden. Eigentlich war es Frau Liu, die mir dazu half, die Gattin eines Lehrers in einer neuen ausländischen Schule. Ich hatte meinen Gemahl von Herrn Liu als von seinem Freunde sprechen hören. Am Tag nach meiner Rückkehr sandte Frau Liu mir Botschaft, sie werde, wenn es mir recht ist, am nächsten Tage vorsprechen.

Ich traf große Vorbereitungen, denn sie war mein erster Besuch. Ich wies die Dienerin an, sechserlei

Kuchen zu kaufen, desgleichen Wassermelonenkerne und Sesambackwerk und den besten, vor der Regenzeit gepflückten Tee. Ich trug mein aprikosenfarbenes Atlaskleid und hatte mir Perlen in die Ohren gehängt. Insgeheim schämte ich mich des Hauses sehr. Ich hatte Angst, sie könnte es häßlich finden und sich über meinen Geschmack wundern. Ich hoffte, mein Gatte werde nicht zu Hause sein, so daß ich wenigstens den Tisch und die Stühle förmlicher würde aufstellen können, um auf diese Art deutlich zu zeigen, welches der Ehrenplatz war.

Doch dieses Mal ging er nicht aus. Er saß da und las, und als ich ein wenig ängstlich den Raum betrat, blickte er lächelnd auf. Ich hatte die Absicht, auf meinem Sessel zu sitzen, wenn die Besucherin kam, und wenn die Dienerin sie hereinführte, aufzustehen, um den Gast unter Verbeugungen an den besten Platz zu geleiten. Doch da mein Gatte anwesend war, fand ich keine Gelegenheit, das Zimmer richtig zu ordnen, und als die Glocke läutete, ging mein Mann selber zur Tür. Ich war bekümmert und rang die Hände und fragte mich, was ich tun sollte. Nun hörte ich eine muntere Stimme und konnte mir nicht versagen, in die Halle zu lugen. Da sah ich etwas Seltsames. Mein Gatte hatte die Besucherin an der Hand gefaßt, die er in der sonderbarsten Weise auf und ab schüttelte. Ich war verblüfft.

Dann plötzlich vergingen mein Staunen und alle Gedanken an den Besuch, denn ich sah das Antlitz meines Gatten. Oh, mein Gemahl, nie hat dein Gesicht diesen Ausdruck für mich gezeigt, für mich, deine Frau! Es war, als hätte er endlich einen Freund gefunden.

Ach, meine Schwester, wärest du hier gewesen, du hättest mich lehren können, was ich zu tun hatte. Aber ich war allein. Ich hatte keine Freunde. Ich konnte nur im Innersten grübeln und mich kränken und darüber nachsinnen, woran ich es fehlen ließ, ihm zu gefallen.

Und während des Besuches beobachtete ich sorgfältig die Frau, um zu sehen, ob sie schön sei. Ich fand sie aber nicht schön, ja nicht einmal hübsch. Ihr Gesicht war groß und rot und gutmütig; ihre Augen schienen zwar gütig und zogen sich beim Lachen zusammen, doch waren sie rund und hell wie Glaskugeln. Sie trug eine Jacke aus einfachem grauem Tuch über einem schwarzen, ungeblümten Seidenrock, und an den Füßen Schuhe wie die eines Mannes. Ihre Stimme freilich war angenehm und ihre Worte klangen rasch und sicher. Und ihr Lachen war warm und lebhaft. Sie sprach ziemlich viel mit meinem Mann, ich jedoch saß gesenkten Kopfes da und lauschte.

Sie redeten von Dingen, von denen ich nie gehört hatte. Fremde Worte flogen zwischen ihnen hin und her. Ich verstand nichts, außer der Freude auf dem Gesicht meines Gatten.

Am Abend saß ich nach der Mahlzeit stumm bei ihm. Meine Gedanken kehrten immer wieder und wieder zu seiner Miene während jenes Besuches zurück! Nie vorher hatte ich sein Gesicht so gesehen – so eifrig, so gespannt!

Er war voll von Worten gewesen – er hatte sie nur so hervorgesprudelt, als er vor Frau Liu stand. Während der ganzen Zeit ihres Besuches war er im Zimmer geblieben, als ob sie ein Mann wäre.

Ich erhob mich und trat zu ihm.

»Ja?« fragte er, während er von seinem Buche aufsah.

»Erzähl mir von der Dame, die heute hier war«, bat ich.

Er lehnte sich in seinem Sessel zurück und blickte mich nachdenklich an.

»Was soll ich von ihr erzählen? Sie hat im Westen ein großes College für Frauen – es heißt Vassar – absolviert. Sie ist klug und interessant, so wie man eine Frau gerne sieht. Außerdem hat sie drei prächtige Knaben – intelligent, sauber, gut gehalten. Es tut meinem Herzen wohl, diese Jungen zu sehen.«

Oh, ich hasse sie – ich hasse sie! Ach, was kann ich tun? Gibt es denn nur diesen einen Weg zu seinem Herzen? – Und sie ist gar nicht hübsch! –

»Hältst du sie für hübsch?« flüsterte ich.

»Nun ja, gewiß«, antwortete er verstockt. »Sie ist gesund und vernünftig und steht auf gesunden, festen Füßen.«

Er starrte ins Leere. Verzweifelt grübelte ich ein paar Minuten nach. Es gab nur einen einzigen Weg für eine Frau. Wie konnte ich – und doch, die Worte meiner Mutter hatten gelautet: du mußt deinem Gatten gefallen!

Er saß da und starrte nachdenklich vor sich hin. Ich wußte nicht, was er im Sinne hatte. Aber das eine wußte ich: obwohl ich pfirsichfarbenen Atlas trug und Perlen in den Ohren, obwohl mein Haar glatt und schwarz war und in kunstvoller Anordnung glänzte, obwohl ich so nahe bei ihm stand, daß eine kleine Bewegung seines Körpers seine Hand mit der meinen in Berührung gebracht hätte, er dachte doch nicht an mich!

Da ließ ich den Kopf tiefer sinken und gab mich in seine Hände. Ich brach mit meiner Vergangenheit. Ich sagte: »Wenn du mich lehren willst, wie ich es machen soll, werde ich meine Füße aufbinden.«

7

Wenn ich jetzt zurückdenke, erkenne ich, daß das Interesse meines Gatten für mich an jenem Abend begann. Es schien, als hätten wir vorher nichts miteinander zu sprechen gehabt. Unsere Gedanken waren nie zusammengetroffen. Ich konnte ihn bloß beobachten, erstaunt und verständnislos, und er blickte mich überhaupt niemals an. Wenn wir sprachen, geschah das mit der Höflichkeit von Fremden, voll Scheu meinerseits, seinerseits mit einer rücksichtsvollen Förmlichkeit, die über mich hinwegblickte. Doch nun, da ich ihn brauchte, sah er mich endlich an; wenn er sprach, stellte er mir Fragen und wollte meine Antworten hören. Und was mich betraf, so erstarkte damals die Liebe zu ihm, die in meinem Herzen gezittert hatte, und wurde zur Anbetung. Ich hatte nie geahnt, daß ein Mann sich so zärtlich zu einer Frau herablassen kann.

Als ich ihn fragte, wie ich meine Füße aufbinden sollte, dachte ich natürlich, er werde mir bloß aus seiner medizinischen Kenntnis Weisungen geben. Und so saß ich erstaunt da, als er selber ein Becken mit heißem Wasser und eine Rolle weißer Binden brachte. Ich schämte mich. Ich konnte den Gedanken nicht ertragen, daß er meine Füße sehen sollte. Kein Mensch hatte sie zu Gesicht bekommen, seit ich alt genug war, sie selbst zu betreuen. Als er nun die Schüssel auf den Boden stellte und niederkniete, um meine Füße zu nehmen, brannte mein ganzer Körper vor Scham.

»Nein«, sagte ich leise. »Ich werde es selber tun.«

»Du darfst dir nichts daraus machen«, antwortete er. »Vergiß nicht, daß ich Arzt bin.«

Noch immer weigerte ich mich. Da sah er mir fest ins Gesicht.

»Kuei-lan«, sagte er ernst. »Ich weiß, daß es dich viel kostet, mir dieses Opfer zu bringen. Laß mich dir helfen, so gut ich kann. Ich bin dein Gatte!«

Da gab ich wortlos nach. Er ergriff meine Füße, entfernte zart Schuhe und Strümpfe und wickelte die inneren Binden auf. Seine Miene war traurig und ernst.

»Wie mußt du gelitten haben!« sagte er mit leiser zärtlicher Stimme. »Welch jämmerliche Kindheit – und alles um nichts!«

Die Tränen traten mir bei seinen Worten in die Augen. Er machte nun das ganze Opfer zunichte und verlangte sogar ein neues Opfer.

Denn als meine Füße aufgeweicht und abermals – etwas lockerer – gebunden worden waren, begannen unerträgliche Schmerzen. Der Vorgang des Aufbindens war eigentlich ebenso schmerzhaft wie das Einbinden. Meine Füße, die den Druck gewohnt waren, streckten sich allmählich ein wenig, und das Blut begann zu kreisen.

Es gab Augenblicke am Tag, da ich an den Binden zerrte, die ich lockern und dann fester binden wollte, um Erleichterung zu haben; doch dann ließ mich der Gedanke an meinen Gatten und daß er am Abend alles bemerken würde, die Binden mit zitternden Händen wieder in Ordnung bringen. Die einzige, geringfügige Linderung, die ich mir verschaffen konnte, bestand darin, daß ich mich auf die Füße hockte und hin und her schaukelte.

Nun kümmerte ich mich nicht mehr darum, wie ich auf meinen Gatten wirkte, und blickte auch nicht mehr in den Spiegel, um zu sehen, ob ich wenigstens frisch war und sauber. Nachts waren meine Augen vom Weinen geschwollen und meine Stimme rauh von dem Schluchzen, das ich nicht unterdrücken konnte. Wie seltsam, daß ihn meine Schönheit nicht hatte rühren können, so daß meine Verzweiflung es tat! Er tröstete mich, als ob ich ein Kind wäre. Oft klammerte ich mich an ihn, ohne mir in meinem Schmerz vor Augen zu halten, wer und was er war.

»Wir wollen das zusammen ertragen, Kuei-lan«, sagte er. »Es ist hart, dich so leiden zu sehen. Versuche, dich mit dem Gedanken zu trösten, daß es nicht nur für uns geschieht, sondern auch für andere, als ein Protest gegen eine alte und üble Einrichtung.«

»Nein«, schluchzte ich. »Ich tue es nur für dich – um dir eine moderne Frau zu sein!«

Er lachte, und sein Gesicht erhellte sich ein wenig, so wie damals, als er zu Frau Liu gesprochen hatte. Das war der Lohn für meine Leiden. Von da an schien mir nichts mehr so schwer.

Und wirklich, als das Fleisch allmählich genas, lernte ich eine neue Freiheit kennen. Ich war jung, und meine Füße noch gesund. Manchmal kommt es vor, daß bei älteren Frauen die Füße absterben, manchmal fallen sie sogar ab. Doch die meinen waren bloß ertaubt gewesen. Nun begann ich freier zu gehen, und das Treppensteigen war mir nicht mehr so schwierig. Ich fühlte mich im ganzen Körper kräftiger. Eines Abends lief ich, ohne darüber nachzudenken, in das Zimmer, in dem mein Gatte schrieb. Er blickte überrascht auf, und sein Gesicht erhellte sich zu einem Lächeln.

»Du läufst«, rief er. »Ah, schön, dann sind wir über das Schlimmste hinaus und haben die bittere Pille verschluckt.«

Ich blickte überrascht auf meine Füße.

»Aber sie sind noch nicht so groß wie die der Frau Liu«, sagte ich.

»Nein, das können sie auch nie werden«, erwiderte er. »Ihre Füße sind natürlich geblieben, deine sind jetzt so groß, wie wir sie haben machen können.«

Ich war ein wenig bedrückt, daß meine Füße nie so groß werden konnten wie die jener Frau. Aber ich fand einen Ausweg. Da meine kleinen bestickten Schuhe jetzt alle nutzlos waren, beschloß ich, mir neue Lederschuhe zu kaufen, wie Frau Liu sie trug. Am nächsten Tage ging ich daher mit meiner Dienerin in einen Laden und kaufte ein Paar Schuhe von der Länge, die ich haben wollte. Sie waren zwei Zoll länger als meine Füße, doch ich stopfte sie bei den Zehen fest mit Wolle aus. Als ich diese

Schuhe anlegte, hätte niemand sagen können, daß ich gebundene Füße gehabt hatte.

Es lag mir daran, daß Frau Liu sie sehe, und ich fragte meinen Gatten, wann ich den Besuch erwidern dürfe.

»Ich werde morgen mit dir hingehen«, sagte er.

Ich war überrascht, daß er sich auf der Straße mit mir zeigen wollte. Das ist ganz gewiß keine gute Sitte, und es bereitete mir keine geringe Verlegenheit, aber ich habe mich jetzt schon ein wenig daran gewöhnt, daß er seltsame Dinge tut.

So gingen wir am nächsten Tag hin, und mein Gatte behandelte mich vor der anderen Frau sehr gütig. Freilich brachte er mich ein paar Mal in große Verlegenheit, so zum Beispiel, als er mir den Vortritt in das Zimmer ließ, in dem Frau Liu sich befand. Ich wußte damals noch nicht, was das bedeutete. Als wir wieder zu Hause waren, erklärte er mir, das sei Sitte im Westen.

»Aber warum?« fragte ich. »Kommt es daher, daß die Männer, wie ich gehört habe, dort geringer sind als die Frauen?«

»Nein«, antwortete er. »Das ist nicht richtig.«

Dann erklärte er es. »Es hat seinen Ursprung«, so sagte er, »in einem alten System der Höflichkeit, das vor langen Zeiten entstanden ist.« Das erstaunte mich gar sehr. Ich hatte nicht gewußt, daß es, außer dem unseren, alte Völker gab, das heißt, zivilisierte Völker. Doch wie es scheint, haben auch die Fremden eine Art Geschichte und Kultur. Sie sind also nicht völlige Barbaren. Mein Gatte versprach, mir einige Bücher über sie vorzulesen.

Ich fühlte mich glücklich, als ich am Abend zu Bette ging. Es war interessant, ein wenig moderner zu sein. Denn an jenem Tag hatte ich nicht nur meine Lederschuhe getragen, sondern auch unterlassen, mein Gesicht zu schminken und mir Schmuck ins Haar zu stecken. Ich sah fast so aus wie Frau Liu. Gewiß hat mein Gatte es bemerkt.

Nun, da ich einmal den Entschluß gefaßt hatte, mich zu ändern, war mir, als ob ein völlig neues Leben in mich strömte. Mein Gatte begann abends mit mir zu sprechen, und ich fand seine Worte höchst aufregend. Er weiß alles! Yoh! Welch seltsame Dinge er mir über die äußeren Länder und ihre Bewohner erzählt hat! Er lachte, als ich rief:

»Oh, wie spaßig – oh, wie seltsam!«

»Nicht seltsamer, als wir ihnen erscheinen«, sagte er, aus irgendeinem Grunde sehr belustigt.

»Wie?« rief ich, aufs neue erstaunt. »Sie halten uns für komisch?«

»Natürlich«, antwortete er, noch immer lachend. »Du solltest sie nur reden hören! Sie finden unsere Kleider komisch und unsere Gesichter und unsere Speisen, und alles, was wir tun. Es kommt ihnen nicht in den Sinn, daß Menschen aussehen können wie wir und sich betragen können wie wir und doch genauso Menschen seien wie sie.«

Ich war erstaunt. Wie konnten sie nur ihr seltsames Aussehen, ihr sonderbares Kostüm und ihr merkwürdiges Betragen für ebenso menschlich halten wie das unsere? Ich antwortete voll Würde:

»Aber wir haben diese Dinge doch immer getan und immer diese Sitten geübt und sahen immer so aus, mit schwarzem Haar und schwarzen Augen . . .«

»Gewiß, und so ist es auch bei ihnen!«

»Aber ich hatte gedacht, sie seien herübergekommen, in unser Land, um die Zivilisation zu erlernen. Meine Mutter hat mir das gesagt.«

»Sie irrt. Ich glaube, sie kommen eigentlich herüber, weil sie meinen, uns Zivilisation lehren zu müssen. Sie können viel von uns lernen, das ist wahr, aber sie wissen es ebensowenig, wie du erkennst, was wir von ihnen zu lernen haben.«

Das alles, was er mir da zu sagen hatte, war sehr interessant und neu. Ich wurde nie müde, ihn über die Fremden erzählen zu hören, und besondere Freude machte es mir, von allen ihren wunderbaren Erfindungen zu erfahren: wie man einen Handgriff dreht und heißes oder kaltes Wasser bekommt, und von dem Ofen, der ohne sichtbaren Brennstoff doch Wärme gibt. Und wie erstaunt war ich über seine Erzählung von Maschinen auf dem Meere, und von anderen, die in der Luft flogen und unter dem Wasser schwammen, und von vielen ähnlichen Wundern!

»Weißt du bestimmt, daß das nicht Magie ist?« fragte ich ängstlich. »Die alten Bücher erzählen von Wundern mit Feuer und Wasser und Erde, aber das sind immer Zauberwerke halb übermenschlicher Wesen.«

»Nein, Magie hat damit nichts zu tun«, entgegnete er. »Es ist alles ganz einfach, wenn man versteht, wie es gemacht wird. Das ist Wissenschaft.«

Schon wieder die Wissenschaft! Das erinnerte mich an meinen Bruder. Um dieser Wissenschaft willen weilt er noch in fremden Ländern, ißt die Speisen jener Leute und trinkt das Wasser jener Gegend, woran sein Körper von Geburt nicht gewöhnt ist. Ich wurde sehr neugierig, diese Wissenschaft zu schauen und zu lernen, wie sie aussah. Doch als ich das sagte, lachte mein Gatte laut auf.

»Welch Kind du bist!« rief er spottend. »Sie ist kein Ding, das man greifen oder berühren oder in die Hand nehmen kann, um es zu betrachten wie ein Spielzeug.«

Als er dann sah, daß ich den Sinn seiner Worte nicht verstand, ging er zum Bücherregal, nahm einige Bände mit Bildern auf den Seiten und begann, mir viele Dinge zu erklären.

Von da an unterrichtete er mich jeden Abend in dieser Wissenschaft. Es ist kein Wunder, wenn mein Bruder ihr so verfallen ist, daß er sich nicht einmal um die Wünsche meiner Mutter kümmerte, sondern über das Stille Meer zog, sie zu suchen. Selbst ich war davon entzückt und fühlte mich allmählich wunderbar weise werden. So sehr, daß ich schließlich das Bedürfnis empfand, zu jemandem davon zu sprechen, und da ich niemanden anderen hatte, sagte ich es unserer alten Köchin.

»Weißt du«, fragte ich sie, »daß die Welt rund ist und daß unser großes Reich trotz allem nicht in der Mitte liegt, sondern bloß ein Teil der Erde und des Wassers auf der Oberfläche ist, neben den anderen Ländern?«

Sie wusch in einem kleinen Wasserbecken im Küchenhof den Reis, doch nun hielt sie im Schütteln des Korbes inne und blickte mich argwöhnisch an.

»Wer sagt das?« fragte sie, ohne besondere Lust, sich überzeugen zu lassen.

»Unser Herr«, antwortete ich fest. »Jetzt wirst du mir wohl glauben?«

»Oh«, erwiderte sie zweifelnd. »Er weiß viel, dennoch kann man, wenn man die Welt bloß anblickt, sehen, daß sie nicht rund ist. Schau, wenn du zur Spitze der Pagode auf dem Hügel des Nordsternes steigst, kannst du tausend Meilen Berge und Felder und Seen und Flüsse sehen, und das alles ist flach wie Matten aus getrocknetem Bohnenstroh, mit Ausnahme der Berge, und die kann doch gewiß niemand rund nennen! Und was unser Reich betrifft, so muß es in der Mitte liegen. Warum hätten es sonst die weisen Alten, die doch alles gewußt haben, das Reich der Mitte genannt?«

Ich aber brannte darauf, weiterzusprechen.

»Mehr als das«, setzte ich fort. »Die Erde ist so groß, daß man einen ganzen Monat braucht, um die andere Seite zu erreichen. Und wenn es hier dunkel ist, scheint drüben die Sonne und spendet Licht.«

»Jetzt weiß ich, meine Herrin, daß du unrecht hast«, rief sie triumphierend. »Wenn es eines Mondes bedarf, zu jenen anderen Ländern zu gelangen, wie kann es dann die Sonne in einer Stunde tun, obwohl sie den ganzen Tag dazu braucht, hier die kurze Strecke zwischen dem Purpurberg und den Westlichen Hügeln zurückzulegen?«

Und sie machte sich wieder daran, den Korb mit Reis im Wasser zu schütteln.

Doch ich konnte sie ihrer Unwissenheit wegen fürwahr nicht tadeln, denn von allen sonderbaren Dingen, die mir mein Gatte erzählt hat, ist das sonderbarste das, daß die Menschen im Westen dieselben drei großen Himmelsleuchten haben wie wir: die Sonne, den Mond und die Sterne. Ich hatte immer geglaubt, P'an-ku, der Gott der Schöpfung, habe sie für die Chinesen gemacht. Doch mein Gatte ist klug. Er weiß alles, und er spricht nur das, was wahr ist.

8

Kann ich es denn in Worte fassen, Schwester, wie die Gunst meines Mannes begann? Wie wußte ich es bloß selber, als sein Herz anfing, sich zu regen?

Ach, wie weiß es die kalte Erde, wenn ihr die Sonne im Frühling Blüten aus dem Herzen zaubert? Wie fühlt das Meer den Mond, der es zu sich zwingt?

Ich weiß nicht, wie die Tage vergingen. Ich weiß nur, daß ich aufhörte, einsam zu sein. Wo er war, dort war mein Heim, und ich dachte nicht mehr an das Haus meiner Mutter.

Während der langsamen Stunden des Tages, in seiner Abwesenheit, grübelte ich über alle Worte meines Gatten nach. Ich entsann mich seiner Augen, seines Gesichtes, der Linie seiner Lippen, der zufälligen Berührung seiner Hand mit der meinen, wenn er auf dem Tisch vor uns die Blätter des Buches umwandte. Wenn die Abenddämmerung kam und er so vor mir saß, blickte ich ihn heimlich an, und während er mich unterrichtete, nährte ich mein Herz von seinem Bilde. Tag und Nacht dachte ich an ihn, bis schließlich – so wie ein Fluß zur Frühlingszeit üppig in die Kanäle strömt, die leer gestanden sind in der Dürre des Winters; so wie ein Fluß ins Land flutet und alles mit Leben und Fruchtbarkeit erfüllt – der Gedanke an meinen Gebieter wichtiger für mich wurde als alles andere und jede Einsamkeit und jeden Mangel ausfüllte.

Wer kann diese Macht im Gemüt eines Mannes und eines Mädchens verstehen? Es beginnt mit einem zufälligen Begegnen der Augen, einem scheuen und zögernden Blick, und flammt dann auf zu einem unverwandten, glühenden Schauen. Zuerst berühren die Finger einander und werden rasch zurückgezogen, dann aber drängt sich Herz an Herz.

Doch wie soll ich selbst dir es sagen, Schwester? Es war die Zeit meiner großen Freude. Die Worte, die ich jetzt spreche, sind scharlachrote Worte. Am letzten Tage des elften Monates wußte ich, daß zur Zeit der Reisernte, in der Fülle des Jahres, mein Kind zur Welt kommen würde.

Als ich meinem Gatten sagte, daß ich durch die Empfängnis meine Pflicht gegen ihn erfüllt hatte, war er sehr glücklich. Er gab zuerst seinen Eltern und dann seinen Brüdern geziemend Nachricht, und wir nahmen ihre Glückwünsche entgegen. Meine Eltern waren natürlich nicht unmittelbar von der Sache betroffen, aber ich beschloß, es meiner Mutter zu sagen, wenn ich sie zum Neuen Jahr besuchte.

Nun begann eine höchst schwierige Zeit für mich. Bisher war ich in der Familie meines Gatten eine Person von geringer Bedeutung gewesen. Ich war bloß die Frau eines der jüngeren Söhne. Ich hatte, seit wir das große Haus verließen, fast keinen Anteil am Familienleben genommen. Zweimal war ich zu den festgesetzten Zeiten dort gewesen, um meine Ehrerbietung zu bezeigen und der Mutter meines Gatten Tee zu kredenzen, sie aber hatte mich nachlässig behandelt, wenn auch nicht unfreundlich. Plötzlich wurde ich nun gleichsam zu einer Priesterin des Geschickes. In mir trug ich die Hoffnung der Familie, den Erben. Mein Gatte war einer von sechs Söhnen, von denen keiner männliche Nachkommenschaft hatte. Wenn mein Kind ein Sohn wurde, mußte er daher gleich nach dem ältesten Bruder meines Mannes in der Familie und Sippe seinen Platz haben und Erbe der Familiengüter werden. Ach, es ist der Kummer einer Mutter, daß ihr Sohn nur in den ersten, wenigen, kurzen Tagen ihr angehört! Zu bald muß er seine Stelle im großen Leben der Familie einnehmen. Mein Sohn kann nur eine so kurze, kurze Zeit mein sein! Oh, Kuan-yin, schütze mein kleines Kind!

Die Verzückung der Stunde, in der mein Gatte und ich zuerst von dem Kinde sprachen, war bald in der ängstlichen Sorge aufgegangen, die uns bedrückte. Ich habe schon gesagt, daß es eine schwere Zeit für mich war. Und zwar gerade wegen der vielen Ratschläge, die ich von jedermann erhielt. Am wichtigsten waren die Worte meiner erhabenen Schwiegermutter.

Als sie von meinem Glücke hörte, ließ sie mich holen. Bei meinen bisherigen Besuchen hatte sie mich in der Gästehalle förmlich empfangen, denn seit unserer Übersiedlung war die Mutter meines Gatten ein wenig hochmütig gegen uns gewesen. Diesmal hatte sie jedoch offenbar der Dienerin befohlen, mich ins Familiengemach hinter dem dritten Hof zu führen.

Dort fand ich meine Schwiegermutter beim Tisch sitzend, wo sie Tee trank und auf mich wartete. Sie ist eine majestätische alte Dame und sehr dick und hat winzige Füße, die schon seit langem für ihr großes Gewicht nicht ausreichen. Wenn sie jetzt auch nur einen einzigen Schritt geht, stützt sie sich schwer auf zwei stämmige junge Sklavinnen, die immer hinter ihrem Sessel bereitstehen. Ihre Hände sind klein, mit goldenen Ringen bedeckt, und so rundlich, daß die Finger steif aus der Masse wulstigen Fleisches hervorschauen. In der Hand hat sie immer eine lange Pfeife aus poliertem Silber, die ihr die Sklavinnen stets gefüllt halten und mit einem Fidibus anzünden, der schon glimmt und den sie in einem Augenblick zum Gebrauch meiner Schwiegermutter zur Flamme anfachen können.

Ich ging unverzüglich zu ihr und verneigte mich. Sie lächelte, so daß die schmalen Lippen in der Fülle der schweren Wangen versanken; dann nahm sie meine Hand und tätschelte sie.

»Gute Tochter - gute Tochter«, sagte sie mit ihrer heiseren Stimme. Schon lange ist ihr Hals in Wülsten von Fleisch verschwunden und ihre Stimme klingt immer kurzatmig.

Ich wußte, daß ich ihr Wohlgefallen erregt hatte. Ich goß Tee in eine Schale, reichte ihr den Trank mit beiden Händen, und sie nahm ihn entgegen. Dann setzte ich mich auf einen kleinen Seitensitz. Sie aber wollte mir solche Demut nicht mehr erlauben, obwohl sie sich früher nicht darum gekümmert hatte, wo ich saß. Lächelnd und hustend bedeutete sie mir, mich auf den ihr nächsten Platz ihr gegenüber an den Tisch zu setzen, und auf ihren Befehl tat ich so.

Dann ließ sie ihre anderen Schwiegertöchter holen, und sie alle kamen, mir Glück zu wünschen. Drei davon hatten niemals Kinder gehabt, obwohl sie mehrere Jahre verheiratet waren, und ihnen bedeutete ich Neid und Vorwurf. Und in der Tat, die älteste, eine hochgewachsene, gelbgesichtige Frau, die stets kränkelte und leidend war, begann jetzt laut zu winseln, auf und ab zu schwanken und ihr Schicksal zu bejammern.

»Ai-ya - ai-ya - ein bitteres Leben - ein böses Geschick!«

Meine Schwiegermutter schüttelte ernst und seufzend

den Kopf und ließ zwei Tabakspfeifen lang die älteste Schwiegertochter sich durch Schluchzen trösten. Dann gebot sie ihr Schweigen, da sie mit mir zu sprechen wünschte. Später erfuhr ich, daß der älteste Bruder meines Gatten kurz vorher eine zweite Frau genommen hatte, da seine erste nie Mutter geworden war. Das also machte an jenem Tage den Kummer des armen Geschöpfes so heftig; denn sie liebte ihren Gatten und wußte endgültig, daß ihre Gebete und Opfer von den Göttern verworfen worden waren.

Meine Schwiegermutter gab mir viele gute Ratschläge. Unter anderem sagte sie mir, ich solle vor der Geburt keine Kleider für das Kind vorbereiten. Das ist Brauch in der Heimat ihrer Mädchenzeit in Anhwei, wo man glaubt, dies diene dazu, die grausamen Götter über die bevorstehende Geburt in Unkenntnis zu lassen, damit sie nicht, wenn sie sähen, ein Mensch werde auf die Welt kommen, ihn zu verderben trachteten. Doch als ich von dieser Sitte hörte, fragte ich:

»Was soll es denn tragen, das kleine, nackte, neugeborene Kind?«

»Wickle es«, so sagte sie gewichtig, »in die ältesten Kleider deines Vaters. Das wird Glück bringen. Ich habe es bei meinen sechs Söhnen getan, und sie sind am Leben geblieben.«

Auch meine Schwägerinnen gaben mir viele, viele Weisungen und jede richtete sich in diesen Dingen nach den Gebräuchen ihrer Heimatprovinz. Im besonderen rieten sie mir, nach der Geburt des Kindes eine bestimmte Art von Fischen zu essen und Wasser mit braunem Zucker zu trinken. Und so erleichterte eine jede ihren Neid gegen mich durch Ratschläge.

Als ich am Abend zu meinem Gatten zurückkam, glücklich über all dieses freundliche Interesse seiner Familie, erzählte ich ihm von den Dingen, die sie mir für das Kind eifrig angeraten hatten. Zu meiner Überraschung und zu meinem Entsetzen wurde er plötzlich ungemein zornig. Er strich sich mit den Händen durchs Haar und schritt im Zimmer auf und ab.

»Unsinn - Unsinn - Unsinn!« rief er. »Lauter Lügen, lauter Aberglaube - niemals, niemals!« Er blieb stehen, faßte mich an der Schulter und blickte ernst in mein emporgewandtes Gesicht. »Versprich mir«, sagte er fest, »daß du dich ganz und gar von mir leiten lassen willst. Merke dir wohl, daß du mir gehorchen mußt! Kuei-lan, versprich es mir, oder ich schwöre dir, daß wir niemals ein zweites Kind haben werden!«

Was konnte ich in meiner Furcht anderes tun, als es ihm versprechen?

Nachdem ich ihm zweifelnd mein Wort gegeben hatte, wurde er ruhiger. Er sagte:

»Morgen werde ich dich zu Besuch in ein westliches Haus führen, zu der Familie meines alten Lehrers, der Amerikaner ist. Du sollst sehen, wie Westländer ihre Kinder halten; nicht damit du es sklavisch nachahmst, sondern damit du deinen Gedankenkreis erweiterst.«

Ich versuchte, meinem Gatten zu gehorchen. Eins freilich tat ich insgeheim. Am nächsten Morgen stahl ich mich bei Tagesanbruch aus dem Haus, bloß von einer Dienerin begleitet. Ich kaufte Weihrauchstäbe in einem Laden, obwohl es noch so früh war, daß nur ein gähnender kleiner Lehrjunge im trüben Morgennebel zu sehen war. Dann ging ich in den Tempel, zündete den Weihrauch an und brachte ihn der kleinen dunklen Kuan-yin, die den Frauen Söhne und leichte Geburten schenkte. Ich schlug meinen Kopf auf die Marmorplatte, und die Platte war noch feucht vom Tau der Nacht. Murmelnd sagte ich, was mir am Herzen lag, erhob mich und blickte sie flehend an. Sie antwortete nicht, und die Urne war voll von der kalten Asche des Weihrauchs, den andere Mütter vor mir dort angezündet hatten, mit

Gebeten und sehnsüchtigen Wünschen gleich den meinen. Ich stieß die angezündeten Weihrauchstäbe fester in die Asche und ließ sie vor der Göttin weiter brennen. Dann kehrte ich heim.

Getreu seinem Worte, nahm mich mein Gatte am nächsten Tag mit, das Haus seiner ausländischen Freunde zu besuchen. Ich war nicht wenig neugierig und sogar etwas verängstigt. Jetzt lächle ich darüber, ich, die ich dich meine Schwester nenne!

Damals aber war ich noch nie in einem westlichen Hause gewesen. Ich hatte keine Gelegenheit dazu gehabt. Ich war nie in den Straßen umhergegangen, und niemand im Hause meiner Mutter pflog Verkehr mit Ausländern. Mein Vater war ihnen bei seinen Reisen natürlich begegnet, maß ihnen aber keine Bedeutung bei, es sei denn die, daß sie ihn mit ihrem derben Aussehen und ihren eckigen, rauhen Manieren zum Lachen brachten. Nur mein Bruder bewunderte sie auf seltsame Weise. Er hatte sie in Peking oft gesehen, und einige Lehrer in seiner Schule waren Ausländer gewesen. Einmal hatte ich vor meiner Verheiratung sogar sagen hören, er habe das Haus eines Fremden besucht, und damals bewunderte ich seine Kühnheit gar sehr.

Doch im Heim meiner Mutter gab es keinen solchen Verkehr. Manchmal kam eine Dienerin, die Einkäufe besorgt hatte, zurück und erzählte erregt, sie habe einen Fremden auf der Straße vorbeigehen sehen. Dann gab es viel Staunen und Gerede über die sonderbare fahle Haut und die blassen Augen jener Leute. Ich hörte immer mit derselben Neugier und Furcht zu, die ich empfand, wenn Wang Da Ma mir von den Gespenstern und Teufeln alter Zeiten berichtete. Und in der Tat erzählten die Mägde von der schwarzen Magie dieser Ausländer und von ihrer Fähigkeit, mit einer kleinen Maschine in einer schwarzen Schachtel, in die sie mit einem Auge hineinblickten, einem Menschen die Seele aus dem Körper zu stehlen. Wenn in dieser Schachtel etwas zuschnappt, dann fühlt man eine sonderbare Schwäche in der Brust, und bald darauf befällt einen unvermeidlich eine Krankheit oder ein Unglücksfall und führt den Tod herbei.

Doch mein Gatte lachte hell auf, als ich ihm von allen diesen Dingen erzählte.

»Wie kommt es dann, daß ich nach zwölf Jahren heil aus ihrem Lande zurückgekehrt bin?« fragte er.

»Ah, du bist ja weise – du hast ihre Zauberei erlernt«, entgegnete ich.

»Komm und sieh sie dir selbst an, wie sie sind«, antwortete er. »Es sind Männer und Frauen wie alle anderen.«

Und so gingen wir an diesem selben Tag hin und betraten einen Garten mit Gras und Bäumen und Blumen. Ich war überrascht, daß er so schön war und daß Westländer den Wert der Natur schätzten. Natürlich war die ganze Anlage sehr roh – es gab weder Höfe noch Goldfischteiche, sondern nur Bäume, aufs Geratewohl gepflanzt, und Blumen, die ohne Anordnung und unregelmäßig wuchsen. Ich muß gestehen, daß ich, als wir endlich vor der Haustür standen, davongelaufen wäre, hätte ich meinen Gatten nicht bei mir gehabt.

Die Tür wurde plötzlich von innen geöffnet, und ein großer, männlicher »fremder Teufel« stand dort, der über das ganze breite Gesicht lachte. Ich wußte, daß es ein Mann war, weil er Kleider trug gleich denen meines Gatten, aber zu meinem Entsetzen war sein Kopf nicht mit menschlichem Haar bedeckt – glatt und straff und schwarz wie bei anderen Leuten, sondern mit buschiger roter Wolle. Seine Augen glichen Kieseln, die vom Meer glattgewaschen sind, und seine Nase erhob sich inmitten des Gesichts zu einem wahren Berg. Oh, das war ein Geschöpf, furchtbar anzuschauen, häßlicher als der Gott des Nordens in der Eingangshalle des Tempels.

Mein Gatte ist tapfer. Er schien gar nicht beunruhigt

durch den Anblick dieses Mannes. Er streckte die Hand aus, die der Fremde ergriff und auf und ab bewegte. Mein Gatte war nicht erstaunt, sondern wendete sich zu mir und stellte mich vor. Der Fremde lächelte sein ungeheuerliches Lächeln und tat so, als wollte er auch meine Hand fassen. Ich aber starrte auf seine ausgestreckte Rechte. Die war groß und knochig, und auf ihr sah ich lange rote Haare und schwarze Flecken. Mein Körper zuckte zusammen. Ich konnte sie nicht berühren. Ich steckte die Hände in meine Ärmel und verbeugte mich. Da lächelte er noch breiter und forderte uns auf, einzutreten.

Wir kamen in eine kleine Halle, gleich der unseren, und dann in ein Zimmer. Neben dem Feuer saß eine Person, die ich sogleich als einen weiblichen Ausländer erkannte. Wenigstens trug sie einen langen Baumwollrock statt der Hosen und hatte einen flachen Strick um die Mitte. Ihr Haar war nicht so häßlich wie das ihres Gatten, denn es war schlicht und glatt, freilich von einer höchst unglücklichen gelben Farbe. Auch sie hatte eine sehr hohe Nase – indes war diese nicht gekrümmt wie die ihres Gatten – und grobe Hände mit kurzen viereckigen Nägeln. Ich blickte auf ihre Füße und sah, daß diese an Größe Reisdreschflegeln glichen. Ich dachte bei mir:

»Wie mögen bei solchen Eltern die kleinen fremden Teufel aussehen!«

Ich muß jedoch zugeben, daß diese Ausländer so höflich waren, wie sie es eben verstanden. Sie begingen allerdings Fehler und verrieten bei jeder Gelegenheit ihren Mangel an Erziehung. Sie reichten die Teeschalen mit einer Hand und bedienten mich fortwährend vor meinem Gatten. Der Mann sah mir sogar ins Gesicht, als er mich ansprach! Ich empfand das als Schmähung. Er hätte als höflicher Mensch meine Anwesenheit nicht bemerken dürfen und es seiner Frau überlassen müssen, mich zu unterhalten.

Man kann ihnen das wohl nicht zum Vorwurf machen. Und doch sind sie, wie mir mein Gatte sagte, schon zwölf Jahre hier. Man sollte meinen, daß man in dieser Zeit etwas lernen könnte.

Du, meine Schwester, du hast freilich immer hier gelebt und bist jetzt eine von uns.

Doch der interessanteste Teil dieses Besuches kam, als mein Gatte die fremde Frau bat, mir ihre Kinder und deren Kleider zu zeigen. Wir erwarteten selbst ein Kind, so erklärte er, darum wolle er, daß ich die westlichen Bräuche kennenlerne. Sie erhob sich sogleich und forderte mich auf, ihr in die oberen Räume zu folgen. Ich hatte Angst, mit ihr allein zu sein. Ich blickte meinen Gatten flehend an, doch er nickte mir nur zu, ich solle gehen.

Sobald ich aber oben war, vergaß ich meine Furcht. Die Fremde führte mich in einen von Sonnenlicht durchfluteten Raum, der von einem schwarzen Ofen erwärmt wurde. Es war sonderbar, daß man zwar offenkundig wünschte, das Zimmer zu heizen, dennoch aber ein Fenster weit offen gelassen hatte, so daß ständig kalte Luft hereinkam. Doch diese Einzelheiten bemerkte ich nicht sogleich. Ich sah zuerst mit einem Gefühl äußerster Spannung drei kleine Fremde, die auf dem Fußboden spielten. Mir waren noch nie so merkwürdige kleine Geschöpfe vor Augen gekommen.

Sie sahen gesund aus und dick, doch alle hatten weiße Haare. Dies bestätigte, was ich gehört, daß bei den Ausländern die Natur verkehrt ablaufe, daß sie nämlich mit schneeweißem Haar geboren würden, das mit zunehmendem Alter dunkler werde. Sie hatten eine sehr weiße Haut. Ich nahm an, daß man sie mit irgendeinem Arzneiwasser behandelte, doch dann zeigte mir die Mutter ein Zimmer, in dem sie alle Tage ganz gewaschen wurden. Das also war die Erklärung für ihre Haut. Die Farben der Natur waren von so viel Waschen verblaßt.

Die Mutter zeigte mir auch die Kleider der Kinder. Alle ihre Unterkleider waren weiß, und das kleinste Kind hatte man sogar vom Kopf bis zum Fuß in Weiß gehüllt. Ich fragte die Mutter, ob das Kind Trauer trage um einen Verwandten, denn Weiß sei doch die Farbe des Kummers, sie erwiderte aber, das sei nicht der Fall, sondern geschehe nur, um das Kind rein zu halten. Ich dachte, eine dunkle Farbe wäre besser, denn Weiß wird so leicht beschmutzt. Doch sagte ich nichts und beobachtete bloß alles.

Dann sah ich ihre Betten. Auch diese waren mit Weiß bedeckt und machten einen überaus trübseligen Eindruck. Ich konnte nicht verstehen, warum man so viel Weiß verwendete. Ist es doch die traurige Farbe des Kummers und des Todes. Sicherlich sollte man ein Kind nur in die Farben der Freude kleiden und hüllen: in Scharlachrot, in Gelb und Blau! Wir kleiden unsere Kinder vom Kopf bis zum Fuß in Scharlach, aus Freude darüber, daß sie uns geboren worden sind. Doch bei diesen Fremden entsprach nichts der Natur. Eines der überraschenden Dinge, die ich entdeckte, war, daß die fremde Frau ihren Kindern selbst die Brust reichte. Ich hatte nicht die Absicht, meines zu stillen. Es ist nicht üblich bei Frauen von auch nur geringem Vermögen und Rang, denn Sklavinnen für diese Arbeit gibt es in Menge.

Nachdem wir heimgekommen waren, erzählte ich alles meinem Gatten. Schließlich sagte ich:

»Sie stillt sogar ihr Kind. Sind sie denn so arm?«

»Es ist gut, das Kind selbst zu stillen«, sagte mein Mann. »Auch du sollst das tun.«

»Wie, ich?« antwortete ich in großer Überraschung.

»Gewiß«, entgegnete er ernst.

»Aber dann werde ich doch zwei Jahre kein anderes Kind haben können«, rief ich.

»So soll es auch sein«, entgegnete mein Gatte. »Obwohl das, was du da anführst, Unsinn ist.«

Vielleicht hat er auch darin recht. Jedenfalls ist mir nun klar, daß ich, da ja einige Kinder in jeder Familie unvermeidlich sterben müssen und einige bloß Töchter sein werden, mein Haus nicht so voll von Söhnen haben werde, wie ich gehofft hatte. Wunderst du dich etwa, meine Schwester, daß ich nie aufhören kann, meinen Gatten seltsam zu finden?

Am nächsten Tag ging ich zu Frau Liu, um ihr von meinem Besuch zu erzählen. Oh, wenn mir nur die Göttin einen Sohn schenken wollte gleich diesen Kindern – gerade gewachsen und gesund und mit glänzenden Augen! Sie waren schön und ihre Haut golden; sie sahen entzückend aus in ihren roten, geblümten Kleidchen.

»Du hast an unseren alten Sitten festgehalten«, sagte ich, während ich die Kinder mit einem Seufzer des Wohlgefallens betrachtete.

»Ja und nein – sieh her«, erwiderte sie, und sie zog das älteste Kind an sich. »Siehst du, bei mir ist das Weiße alles innen – Leinen, das man fortnehmen und waschen kann. Lerne von den Fremden das Gute, das du von ihnen lernen kannst, und verwirf das Ungeeignete.«

Ich ging von ihrem Haus in den Stoffladen. Ich kaufte rote und rosafarbene geblümte Seide von der weichsten Sorte, schwarzen Samt für ein winziges, ärmelloses Jäckchen und Atlas für eine Mütze. Es war schwer, eine Wahl zu treffen, denn ich wollte nur das Beste für meinen Sohn. Der Eigentümer des Ladens mußte mir immer mehr und mehr von der Seide vorlegen, die er in dunklen Papierhüllen aufbewahrt und auf den bis zur Decke reichenden Regalen untergebracht hatte. Er war ein alter kurzatmiger Mann, und er murrte, als ich rief:

»Zeig mir noch mehr. Ein Stück Seide mit gestickten Pfirsichblüten!«

Ich hörte ihn etwas über die Eitelkeit der Frauen knurren und da sagte ich:

»Es ist nicht für mich bestimmt, es ist für meinen Sohn.«

Da verzog er den Mund zu einem listigen Lächeln und brachte mir das schönste Stück von allen, das Stück, das er bisher zurückgehalten hatte.

»Nimm es«, sagte er. »Ich hatte es für die Frau des Mandarins aufgehoben, aber wenn es für deinen Sohn ist, nimm es. Sie ist schließlich nur eine Frau.«

Es war das Stück, das ich gesucht hatte. Die lebhaft gefärbten Stapel von Seide, die über den ganzen Ladentisch verstreut lagen, überstrahlte es in tiefem, rosigem Glanz.

Ich kaufte es, ohne um den Preis zu feilschen, obwohl ich wußte, daß der schlaue alte Mann aufschlug, als er meinen Eifer sah. Ich trug es in den Armen nach Hause. Ich sagte:

»Heute abend werde ich daraus den kleinen Rock und die Hose schneidern. Ich werde es ganz allein tun. Ich bin eifersüchtig auf eine Berührung meines Sohnes durch fremde Hände.«

Oh, ich war so glücklich, daß ich die ganze Nacht für meinen Sohn hätte nähen mögen. Ich habe ihm ein Paar Schuhe mit Tigergesichtern angefertigt. Ich habe ihm zum Spielen eine Silberkette gekauft.

9

Hörst du mich? Ich habe große Neuigkeiten zu berichten! Heute hat sich mein Sohn unter meinem Herzen geregt. Mir war, als hätte er zu mir gesprochen.

Ich habe seine Kleidchen vorbereitet. Alles ist da, sogar die winzigen Buddhas aus Gold, die rund um seine Atlasmütze gestickt sind. Als alles fertig war und ohne Fehl, kaufte ich ein Sandelholzkästchen und legte die Kleider hinein, damit sie sich für den Körper meines

Kindes mit süßem Dufte füllten. Jetzt hab' ich nichts mehr zu tun, obwohl der Reis noch jadegrün auf den Feldern steht und ich weitere drei Monate warten muß. Ich sitze da und träume davon, wie mein Sohn wohl aussehen wird.

Oh, du kleine dunkle Göttin! Ich flehe dich an, beschleunige die beschwingten Tage, bis mein Juwel in meinen Armen liegt!

Einen Tag wenigstens wird er mein eigen sein. Darüber hinaus will ich nicht denken. Denn die Eltern meines Gatten haben uns einen Brief geschickt, in dem sie fordern, daß das Kind ins Haus seiner Vorfahren zurückkehre. Er ist der einzige Enkel und sein Leben zu kostbar, als daß man ihn Nacht und Tag aus den Augen der Großeltern lassen könnte. Schon hängen sie zärtlich dem Gedanken an ihn nach. Der Vater meines Gatten, der niemals ein Wort zu mir gesprochen hatte, ließ mich neulich holen und redete mit mir, und ich konnte sehen, daß es für sein altes Gemüt so war, als wäre sein Enkelsohn schon geboren.

Oh, ich sehne mich danach, ihn für uns zu behalten! Ich vermöchte mich mit dem kleinen ausländischen Haus und dem seltsamen Leben abzufinden, wenn wir unseren Sohn hier behalten und zu dritt bleiben dürften. Aber ich kenne den Brauch und die Sitte unseres Volkes. Ich darf nicht erwarten, meinen Erstgeborenen für mich behalten zu können. Er gehört der ganzen Familie.

Mein Gatte ist sehr unglücklich darüber. Er runzelt die Stirn und murrt, das Kind werde durch alberne Sklavinnen, durch Überfütterung und ungesunden Luxus Schaden leiden. Er schreitet im Zimmer auf und ab, und einmal hat er sogar bedauert, daß das Kind zur Welt kommen wird. Da hatte ich Angst, die Götter könnten über seinen Undank zürnen, und ich bat ihn, zu schweigen.

»Wir müssen ertragen, was Gesetz und Sitte ist«, sagte ich, während mein Herz vor Sehnsucht, mein Kind für mich behalten zu dürfen, schmerzte.

Jetzt aber ist er wieder sehr ruhig geworden und sehr ernst. Er spricht nicht mehr über seine Eltern. Ich wüßte gerne, was er bei sich beschlossen hat, daß er so gar nicht spricht. Was aber mich betrifft, so denke ich nicht weiter als an jenen Tag, da das kostbare kleine Wesen hier sein wird, zu meiner Augenweide.

Ich weiß jetzt, was mein Gatte getan hat. Hältst du es für Unrecht, meine Schwester? Oh, ich weiß es selber nicht - ich kann nur hoffen, daß es recht sei, weil er es tat! Er hat seinen Eltern gesagt, daß er ebenso, wie er seine Frau für sich allein beansprucht habe, nun fordere, daß sein Sohn nur den Eltern gehöre, nur uns.

Seine Eltern waren zornig, aber wir konnten ihren Groll ertragen und antworteten nichts. Doch mein Gatte sagte, daß sein alter Vater, als alle Überredungsversuche erfolglos blieben, schließlich in stilles Schluchzen ausgebrochen sei. Ich hörte das, und es schien mir gar traurig, daß ein Sohn seinen Vater zum Weinen bringen kann. Hätte es sich um irgend etwas anderes gehandelt und nicht gerade um dies, nicht gerade um meinen Sohn, das Herz in der Brust hätte sich mir erweicht, aber mein Gatte ist tapferer als ich, und er ertrug sogar das Mitleid mit den Tränen seines Vaters.

Ah, als wir damals aus dem Hause seiner Eltern fortzogen, machte ich ihm Vorwürfe, daß er den ehrwürdigen Sitten alter Zeiten zuwiderhandle. Nun aber kümmere ich mich in meiner Selbstsucht nicht darum, daß die Überlieferung durchbrochen wird. Ich denke nur an meinen Sohn. Er wird mein sein - mein! Ich brauche ihn nicht mit zwanzig anderen zu teilen - mit seinen Großeltern - mit seinen Tanten. Ich, seine Mutter, darf ihn betreuen; ich darf ihn waschen und kleiden und Tag und

Nacht bei mir halten. Jetzt hat mich mein Gatte für alles entschädigt. Ich danke den Göttern, daß ich mit einem modernen Mann verheiratet bin; er gibt mir meinen Sohn als mein Eigen. Mein ganzes Leben reicht nicht aus, ihm meinen Dank abzustatten.

Täglich beobachte ich, wie der Reis auf den Feldern gelb wird. Die Spitzen sind jetzt voll und neigen sich. Noch eine kurze Zeit unter der schlaff machenden Sonne, und sie werden vor Reife bersten, bereit für die Ernte. Es ist ein gutes Jahr, in dem mein Sohn geboren wird, ein Jahr der Fülle, so sagen die Bauern.

Wie viele Tage noch, wie viele Tage verträumten Wartens?

Ich denke nicht mehr darüber nach, ob mein Gatte mich liebt. Wenn ich meinen Sohn geboren habe, wird mein Gatte mein Herz kennen und ich das seine.

Oh, meine Schwester, meine Schwester, er ist hier, mein Sohn ist hier! Endlich liegt er in meinem Arm, und sein Haar ist schwarz wie Ebenholz.

Sieh ihn an – es ist nicht möglich, daß solche Schönheit jemals vorher geschaffen worden ist. Seine Arme sind dick und haben Grübchen, und seine Beine gleichen in ihrer Kraft jungen Eichen. Ich habe in inniger Liebe seinen ganzen Körper betrachtet. Er ist gesund und schön wie das Kind eines Gottes. Ah, der Schelm! Er stößt um sich und schreit nach der Brust und hat doch erst vor einer Stunde gegessen! Seine Stimme ist munter, und er verlangt nach allem.

Aber ach! meine Stunde war schwer, Schwester. Mein Gatte beobachtete mich mit zärtlichen und angstvollen Blicken. Ich schritt in meiner Freude und Pein vor dem Fenster auf und ab. Auf den Feldern schnitt man das Getreide und legte es in reichen Garben auf den Boden. Die Fülle des Jahres – die Fülle des Lebens!

Ich keuchte unter dem folternden Schmerz und frohlockte dann über das Wissen, daß ich auf der Höhe meines Frauentums stand. Und so schenkte ich meinem erstgeborenen Sohne das Leben! Ai-ya, aber er war derb! Wie er sich durch die Tore des Lebens in die Welt drängte, und mit welch mächtigem Schrei er sie grüßte!

Ich fürchtete, an der Pein, die mir seine Ungeduld zufügte, sterben zu müssen. Und dann frohlockte ich über seine Stärke. Mein goldener Knabe!

Nun hat mein Leben geblüht. Soll ich dir alles sagen, damit du wissest, wie vollkommen meine Freude ist! Warum soll ich es dir nicht sagen, meine Schwester, die du bis jetzt mein nacktes Herz gesehen hast? Es war so:

Ich lag matt und doch frohlockend auf dem Bett. Mein Sohn war an meiner Seite. Mein Gatte trat ins Zimmer. Er näherte sich dem Bett und streckte die Arme aus. Mein Herz zuckte in Freude. Er wünschte den alten Brauch der Darreichung.

Ich nahm meinen Sohn und legte ihn seinem Vater in die Arme. Ich stellte ihn mit folgenden Worten vor:

»Mein treuer Gebieter, sieh deinen erstgeborenen Sohn. Nimm ihn, dein Weib gibt ihn dir!«

Er sah mir in die Augen. Ich ermattete unter dem glühenden Feuer seines Blickes. Er neigte sich näher zu mir. Er sprach:

»Ich gebe ihn dir zurück. Er gehört uns beiden.« Seine Stimme war leise, und seine Worte fielen durch die Luft wie Silbertropfen. »Ich teile ihn mit dir. Ich bin dein Gatte, der dich liebt!«

Du weinst, meine Schwester? Ach ja, ich weiß – auch ich! Wie sonst könnten wir solche Freude tragen? Sieh meinen Sohn! Er lacht!

Zweiter Teil

10

Oh, meine Schwester, ich glaubte, nun, seit mein Sohn da ist, würde ich immer nur freudige Worte zu dir sprechen. Ich frohlockte und war überzeugt, daß nichts mehr mir nahe kommen und mich wieder bekümmern werde. Wie ist es doch, daß uns, solange es Bande des Blutes gibt, aus ihnen immer Leid entstehen kann?

Heute vermag mein Herz sein Pochen kaum zu ertragen. Nein – nein – es ist nicht meines Sohnes wegen! Er zählt jetzt schon neun Monate und gleicht einem wahren Buddha, so dick ist er.

Du hast ihn nicht gesehen, seit er auf den Beinchen zu stehen verlangt. Ach, das ist geeignet, einen Mönch lachen zu machen. Seit er bemerkt, daß er imstande ist, zu gehen, wird er zornig, wenn jemand will, daß er sitze. In meinen Armen ist wirklich nicht Kraft genug, ihn zu halten. Seine Gedanken sind erfüllt mit liebem Unfug, und seine Augen tanzen vor Licht. Sein Vater sagt, er sei verwöhnt, ich aber frage dich, wie könnte ich ein solches Kind schelten, das mich mit seinem Eigensinn und mit seiner Schönheit so weich macht, daß ich gleichzeitig weinen und lachen muß? – Ach – es ist gewiß nicht meines Sohnes wegen!

Nein, es ist jener Bruder; ich spreche von ihm, der der einzige Sohn meiner Mutter ist, von ihm, der die letzten drei Jahre in Amerika war. Er ist es, der das Herzblut meiner Mutter und das meine vergießt, und das ist so:

Du entsinnst dich, daß ich dir von ihm erzählt habe –

wie sehr ich ihn in meiner Kindheit liebte? Nun aber habe ich ihn so viele Jahre nicht gesehen und habe auch nur sehr wenig von ihm gehört, weil meine Mutter nie vergessen konnte, daß er ihr Haus gegen ihren Willen verlassen hat und daß er selbst dann, als sie ihm befahl, seine Verlobte zu heiraten, sich nicht fügen wollte. Sein Name kommt ihr nicht leicht über die Lippen.

Und jetzt stört er wieder den Frieden ihres Lebens. Es genügt ihm nicht, daß er seiner Mutter einst schon so ungehorsam war, nun aber muß er – aber sieh, hier ist der Brief. Er kam vor einem Tage durch die Hand Wang Da Mas, unserer alten Amme, die uns beide als Säuglinge an ihrer Brust genährt hat und jede Angelegenheit der Familie meiner Mutter kennt.

Als sie eintrat, neigte sie den Kopf vor meinem Sohn bis zur Erde. Sie brachte mir diesen Brief und weinte und rief mit drei tiefen Seufzern: »Ai – ai – ai!«

Da wußte ich, daß nur ein großes Unglück die Ursache dieses Betragens sein konnte, und ich fühlte, wie mir das Leben eine Sekunde lang in der Brust stockte.

»Meine Mutter! Meine Mutter!« rief ich.

Ich erinnerte mich, wie matt sie sich auf ihren Stab gestützt hatte, als ich sie das letztemal sah. Ich machte mir insgeheim Vorwürfe, daß ich seit der Geburt des Kindes nur zweimal bei ihr gewesen war. Mein Glück hatte mich allzusehr in Anspruch genommen.

»Es ist nicht deine Mutter, Tochter der überaus erhabenen Dame«, erwiderte sie mit einem schweren Seufzer. »Die Götter haben ihr Leben verlängert, damit sie diesen Kummer schaue.«

»Ist mein Vater –«, fragte ich, und mein jähes Entsetzen wandelte sich in Angst.

»Auch dieser Erhabene trinkt noch nicht aus den Gelben Quellen«, erwiderte sie mit einer Verbeugung.

»Was dann?« fragte ich, und da sah ich den Brief, den sie mir auf die Knie gelegt hatte.

Sie zeigte darauf.

»Möge die junge Mutter eines Fürstensohnes den Brief lesen«, schlug sie vor. »Es steht darin geschrieben.«

Da befahl ich der Dienerin, ihr in dem äußeren Zimmer Tee vorzusetzen, und ich gab meinen Sohn seiner Wärterin und sah den Brief an. Darauf stand mein Name und als Name des Absenders der meiner Mutter. Ich war von Staunen erfüllt. Sie hatte mir noch nie vorher einen Brief geschrieben.

Nachdem ich mich eine Weile verwundert hatte, öffnete ich den schmalen Umschlag und zog das dünne Blatt heraus. Darauf sah ich die zarten, wohleinstudierten Linien des Schreibpinsels meiner Mutter. Ich las rasch über die förmlichen Einleitungssätze hinweg, und dann fiel mein Blick auf diese Worte, und sie waren der Kern des Briefes.

»Dein Bruder, der diese vielen Monate in fremden Ländern weilt, schreibt mir jetzt, daß er eine Fremde zum Weib nehmen will!«

Dann kamen die förmlichen Schlußsätze. Das war alles. Aber ach, meine Schwester, ich konnte zwischen diesen kargen Worten fühlen, wie das Herz meiner Mutter blutete! Ich rief laut:

»Oh, du grausamer und toller Bruder – oh, du schlechter und grausamer Sohn!« Und ich rief so lange, bis die Mägde herbeieilten, um mich zu trösten und mich daran zu erinnern, daß der Zorn die Milch für mein Kind vergiften könne.

Als sie dann sahen, daß ich von einer solchen Flut von Tränen fortgerissen war, daß ich sie nicht eindämmen konnte, setzten sie sich auf den Boden und schluchzten laut mit mir, um meine Wut von mir auf sich zu lenken. Als ich mich ruhiggeweint hatte und des Lärmens der Mägde müde geworden war, hieß ich sie schweigen und ließ Wang Da Ma holen. Ich sagte ihr:

»Warte noch eine Stunde, bis der Vater meines Sohnes heimkommt, damit ich ihm den Brief vorlege und höre, was er mich tun heißt. Ich werde ihn um die Erlaubnis bitten, zu meiner Mutter zu gehen. Einstweilen iß Reis und Fleisch zu deiner Stärkung.«

Sie stimmte gerne zu, und ich gab den Befehl, ihr ein besonders schönes Stück Schweinefleisch vorzusetzen. Denn es brachte mir Linderung, sie, die solchen Anteil an unserem Familienunglück nahm, so zu trösten.

Ich wartete in meinem Zimmer auf die Rückkehr meines Gatten und grübelte einsam nach. Ich dachte an meinen Bruder. So sehr ich auch versuchte, konnte ich ihn nicht vor mir sehen, wie er jetzt sein mußte, ein erwachsener Mann, gekleidet in amerikanische Tracht; wie er furchtlos auf den seltsamen Straßen jenes fernen Landes schritt, vielleicht mit dessen Männern und Frauen sprach. Nein, nicht vielleicht, sondern ganz gewiß, denn er liebte ja eine fremde Frau. Ich konnte nur in meine Seele schauen und mich seiner so erinnern, wie ich ihn am besten kannte: als des kleinen, älteren Bruders meiner Kindheit, mit dem ich an der Schwelle der zu den Höfen führenden Tore gespielt hatte.

Damals war er einen Kopf größer gewesen als ich, rasch von Bewegungen, erregt in seiner Sprache und lachfreudig. Sein Gesicht glich dem unserer Mutter, es war oval, hatte gerade und feine Lippen und deutlich über den scharfen Augen geschwungene Brauen. Die älteren Konkubinen empfanden stets Eifersucht, weil er schöner war als ihre Söhne. Aber wie hätte das auch anders sein können? Sie waren ja nur gewöhnliche Frauen, ehemalige Sklavinnen, mit vollen und derben Lippen und mit Augenbrauen, kraus wie das Haar eines Hundes. Unsere Mutter aber war von hundert Generationen her Dame. Ihre Schönheit war die Schönheit der Regelmäßigkeit und Verfeinerung, beherrscht in Linie und Farbe. Diese Schönheit hatte sie ihrem Sohn vererbt.

Nicht daß er sich darum gekümmert hätte. Er schob ungeduldig die liebkosenden Finger der Sklavinnen von seinen glatten Wangen, wenn sie ihm schmeichelten, um seiner Mutter zu gefallen. Er war mit seinem Spiel beschäftigt. Aber wahrlich, er war selbst im Spiel und Lachen von starrem Willen. Ich sehe ihn immer vor mir, wie er mit gerunzelter Stirn vor seinem Spielzeug sitzt. Alles erfüllte ihn mit Entschlossenheit, und er wollte keinen Willen über dem seinen dulden.

Wenn wir miteinander spielten, wagte ich nicht, ihm zu widersprechen, zum Teil, weil er ein Junge war und weil es sich nicht geschickt hätte, daß ich, ein Mädchen, meinen Willen gegen den seinen setzte. Aber ich gab ihm hauptsächlich deshalb nach, weil ich ihn sehr liebte und es nicht ertrug, ihn bekümmert zu wissen.

In der Tat, niemand brachte es über sich, ihn ärgerlich zu sehen. Die Dienerinnen und Sklavinnen verehrten ihn als den jungen Gebieter, und selbst die Würde unserer Mutter wurde in seiner Gegenwart weich. Ich meine damit nicht, daß sie ihm jemals erlaubt hätte, ihren Befehlen wirklich ungehorsam zu sein. Aber ich glaube, sie legte sich oft selbst Zwang auf, so daß, was sie ihm befahl, mit seinen Wünschen im Einklang stand. Ich habe einmal gehört, daß sie einen bestimmten, süßen Ölkuchen durch eine Sklavin vom Tisch entfernen ließ, ehe der Junge eintrat, denn er liebte diese Kuchen und hätte davon gegessen, obwohl ihm davon immer übel wurde. Und hätte er ihn gesehen, er hätte ihn verlangt, und sie wäre gezwungen gewesen, es zu verweigern.

Selbst als er Jüngling war, wurde ihm auf diese Art das Leben erleichtert. Es kam mir gar nicht in den Sinn, den Unterschied zu beachten, den man zwischen ihm und mir machte. Ich träumte nie davon, meinem Bruder gleichgestellt zu sein. Das war nicht notwendig. Ich hatte keine so wichtige Aufgabe in der Familie zu erfüllen wie er, der erstgeborene Sohn und Erbe meines Vaters.

Aber in jenen Tagen liebte ich meinen Bruder mehr als alles andere. Ich ging neben ihm in den Garten, an seine Hand geklammert. Zusammen neigten wir uns über die seichten Teiche und suchten in den grünen Schatten jenen besonderen Goldfisch, den wir den unseren nannten. Gemeinsam sammelten wir kleine Steine von verschiedenen Farben und bauten Feenhöfe, nach dem Muster unserer Höfe, nur unendlich klein und verwikkelt in ihrer Anlage. Als er mich lehrte, mit meinem Pinsel sorgsam über die vorgezeichneten Schriftzeichen meiner ersten Fibel zu fahren, indem er seine Hand auf die meine legte und diese führte, hielt ich ihn für das weiseste aller menschlichen Wesen. Wo immer er hinging in den Höfen der Frauen, schritt ich hinter ihm her wie ein Hündchen. Und wenn er durch das gewölbte Tor in die Höfe der Männer trat, wohin ich ihm nicht folgen durfte, blieb ich geduldig stehen und wartete, bis er zurückkam.

Dann war er plötzlich neun Jahre alt und wurde aus den Gemächern der Frauen in die seines Vaters und der Männer gebracht, und unser gemeinsames Leben war jäh unterbrochen.

Ach, jene ersten Tage! Ich konnte sie nicht ertragen, ohne oft und lange zu weinen. Abends schluchzte ich mich in den Schlaf und träumte von einem Ort, an dem wir immer Kinder blieben und nie getrennt wurden. Ach, es dauerte viele Tage, ehe ich aufhörte umherzulaufen und das ganze Haus ohne ihn leer zu finden. Endlich ängstigte sich meine Mutter um meine Gesundheit und sprach zu mir:

»Meine Tochter, diese unablässige Sehnsucht nach deinem Bruder ist unschicklich. Solche Gefühle müssen für andere Beziehungen aufbewahrt werden. Dieser

Schmerz ziemt sich nur beim Tode der Eltern und deines Gatten. Achte wohl der Maße des Lebens und halte dich daher im Zaum. Jetzt ist die Zeit gekommen, da wir dich ernsthaft auf die Ehe vorbereiten müssen.«

Von da an wurde mir der Gedanke an meine künftige Heirat stets vor Augen gehalten. Ich verstand allmählich, daß das Leben und das meines Bruders niemals Seite an Seite gehen konnten. Ich gehörte nicht in erster Linie seiner Familie an, sondern der Familie meines Verlobten. Darum achtete ich auf die Worte meiner Mutter und widmete mich entschlossen meinen Pflichten.

Ich erinnere mich meines Bruders wieder deutlich von jenem Tage her, da er den Wunsch hegte, nach Peking in die Schule gehen zu dürfen. Er trat vor das Angesicht unserer Mutter, um ihre förmliche Erlaubnis zu erbitten, und ich war anwesend. Da er die Zustimmung seines Vaters bereits erhalten hatte, war dieser Besuch bei unserer Mutter nur ein Akt der Höflichkeit. Unsere Mutter konnte schwerlich verbieten, was unser Vater erlaubte. Doch mein Bruder war immer sorgfältig darauf bedacht, nach außen die vorgeschriebenen Sitten zu beobachten.

Er stand vor ihr in einer dünnen grauen Seidenrobe, denn es war Sommer. Am Finger trug er einen Jadering. Mein Bruder hat von jeher schöne Dinge geliebt. An jenem Tag erinnerte er mich in seiner Anmut an ein silberig schimmerndes Schilfrohr. Er hielt den Kopf vor unserer Mutter leicht geneigt und hatte den Blick gesenkt. Doch von meinem Platz aus konnte ich sehen, wie seine Augen zwischen den Lidern funkelten.

»Meine Mutter«, sagte er, »wenn du zustimmst, würde ich gern an der Universität in Peking weiterstudieren.«

Sie wußte natürlich, daß sie zustimmen mußte. Er wußte, daß sie es verboten hätte, wenn ihr das möglich gewesen wäre, doch wo eine andere unter Klagen und Weinen gezögert hätte, sprach sie sogleich ruhig und fest: »Mein Sohn, du weißt, daß es so geschehen muß, wie dein Vater es sagt. Ich bin bloß deine Mutter – das weiß ich. Dennoch will ich sprechen, obwohl ich jetzt nichts gegen den Willen deines Vaters befehlen kann. Ich sehe keinen Nutzen darin, daß du dein Heim verläßt. Dein Vater und dein Großvater haben ihre Studien zu Hause vollendet. Du selbst hattest von Kindheit an die tüchtigsten Gelehrten der Stadt zu Lehrern. Wir haben dir sogar T'ang, den Weisen, aus Szetschuen kommen lassen, um dich in der Dichtkunst zu unterrichten. Ausländische Studien sind überflüssig für einen deines Standes. Wenn du in jene fernen Städte ziehst, gefährdest du dein Leben, das nicht ganz dein ist, ehe du uns einen Sohn gegeben hast, der den Namen der Ahnen weiterführt. Hättest du zuerst heiraten können –«

Mein Bruder bewegte sich zornig und schloß seinen Fächer, den er in der linken Hand entfaltet gehalten hatte. Dann öffnete er ihn schnell wieder mit einem lauten Geräusch. Er blickte empor, und unter seinen Lidern bäumte sich Auflehnung.

Meine Mutter hob die Hand.

»Sprich nicht, mein Sohn, ich gebe dir noch keinen Befehl; ich warne dich nur. Dein Leben ist nicht dein Eigen, achte darauf.«

Sie neigte den Kopf, und er war entlassen.

Nachher sah ich ihn nur selten. Vor meiner Verheiratung kam er nur zweimal nach Hause. Wir hatten einander nichts zu sagen und waren niemals allein beisammen. Fast immer kam er bloß deshalb in die Höfe der Frauen, um seine Mutter förmlich zu begrüßen oder sich von ihr zu verabschieden, und ich konnte in Gegenwart Älterer nicht frei mit ihm sprechen.

Ich sah, daß er groß wurde und sich aufrecht hielt und daß sein Gesicht ein wenig von der Zartheit der Jugend verloren hatte. Er hatte auch die schlanke, kindlich schlaffe Anmut des Körpers verloren, die ihm in seiner frühesten Jugend beinahe das Aussehen eines hübschen Mädchens verliehen hatte. Ich hörte ihn meiner Mutter erzählen, daß er in jener fremdartigen Schule täglich seinen Körper üben müsse, damit dieser an Wuchs und Kraft der Sehnen zunehme. Wie es seit der ersten Revolution Brauch ist, trug er das Haar geschnitten, und es lag glatt und schwarz auf dem hoch erhobenen Kopfe. Ich sah, daß er schön war. Die Frauen in den Höfen seufzten hinter ihm her, und die fette Zweite Dame murmelte:

»Ach, er sieht aus wie sein Vater in der Zeit unserer Liebe.«

Dann zog mein Bruder über die Meere, und ich sah ihn nicht wieder. Sein Bild wurde undeutlich in meinem Sinn und durch all das Seltsame verwischt, das ihn umgab, so daß ich ihn seither nie wieder deutlich vor mir gesehen habe.

Als ich so in meinem Zimmer saß, den Brief in Händen, und auf die Rückkehr meines Gatten wartete, wurde mir klar, daß mein Bruder ein fremder Mann war, den ich nicht kannte.

Mein Gatte kam mittags heim. Weinend lief ich ihm, den Brief in der ausgestreckten Hand haltend, entgegen. Er empfing mich erstaunt mit der Frage:

»Was gibt es denn? Was gibt es denn?«

»Lies das, lies es selbst!« rief ich. Ich begann aufs neue zu schluchzen, als ich den Ausdruck seines Gesichtes beim Lesen sah.

»Welch dummer Junge – wie albern – wie albern –!« rief er, während er den Brief in der Hand zerknitterte. »Wie konnte er das tun? Ja, geh sogleich zu deiner ehrwürdigen Mutter, du mußt sie trösten.«

Und er ließ durch den Diener dem Rikschamann sagen, er möge sich mit dem Essen beeilen, damit keine Zeit verloren gehe. Als der Mann fertig war, nahm ich bloß das Kind und dessen Wärterin und beschwor den Rikschaführer, schnell zu laufen.

Als ich durchs Tor in das Haus meiner Mutter trat, bemerkte ich ein über allem lastendes Schweigen, einer Wolke gleich, die den Mond verdunkelt. Die Sklavinnen gingen mit scheuen Seitenblicken und flüsternd ihrer Arbeit nach. Und Wang Da Ma, die mit mir gekommen war, hatte unterwegs geweint, bis ihre Lider dick geworden waren vor Tränen!

Im Hofe der Trauerweiden saßen die Zweite und die Dritte Dame und ihre Kinder. Als ich mit meinem Sohne eintrat, fanden sie kaum Zeit, mich zu begrüßen, so eifrig fielen sie mit ihren Fragen über mich her.

»Ach, das liebe Kind!« rief die fette Zweite Dame, während sie die hübschen dicken Finger auf die Wangen meines Sohnes legte und zärtlich an seinem Händchen schnupperte. »Ein kleines Zuckerding bist du! – Hast du es schon gehört?« Sie wandte sich in wichtigtuendem Ernst an mich.

»Wo ist meine Mutter?«

»Die erhabene Erste Dame ist schon seit drei Tagen in ihrem Zimmer geblieben«, erwiderte sie. »Sie spricht mit niemandem. Sie sitzt in ihrem Gemach. Zweimal im Tag kommt sie in den Vorraum, um die Anordnungen für den Haushalt zu treffen und Reis und Vorräte auszugeben. Dann kehrt sie wieder in ihre Gemächer zurück. Ihr Mund ist zusammengepreßt, wie der Mund eines Steinbildnisses, und von ihrem Blick müssen wir uns abwenden. Wir wagen nicht, zu ihr zu sprechen. Wir kennen ihre Gedanken nicht. – Du wirst uns doch erzählen, was sie dir sagt?« Einschmeichelnd nickte und lächelte sie. Ich aber wehrte ihre Neugier ab und schüttelte den Kopf. »Laß uns wenigstens dieses kleine Juwel zum Spielen«, fügte sie hinzu.

Sie streckte die Arme nach meinem Sohn aus, doch ich gebot ihr Einhalt.

»Ich werde ihn zu meiner Mutter bringen«, sagte ich. »Er wird sie aufheitern und ihr Gemüt von dem Unglück ablenken.«

Ich schritt durch die Gästehalle in den Hof der Päonien und dann durch den Mußeraum der Frauen und machte schließlich vor dem Gemach meiner Mutter halt. Gewöhnlich hing vor der offenen Tür nur der rote Atlasvorhang, nun aber war die Tür hinter dem Vorhang geschlossen. Da schlug ich leicht mit der flachen Hand darauf. Es kam keine Antwort. Ich pochte noch einmal. Doch erst, als ich rief: »Ich bin es, meine Mutter! Ich bin es, ich, dein kleines Kind!«, hörte ich ihre Stimme, gleichsam aus weiter Ferne:

»Tritt ein, meine Tochter!«

Ich trat ein. Sie saß neben dem schwarzen geschnitzten Tisch. Weihrauch glomm in der bronzenen Urne vor den geheiligten Schriftzeichen an der Wand. Geneigten Hauptes saß sie da und hielt zwischen den Fingern der herabhängenden Hand ein Buch. Als sie mich sah, sagte sie:

»Du bist also gekommen! Ich habe versucht, im Buche der Wandlungen zu lesen. Heute aber fand ich nichts auf den Seiten, was mich trösten könnte.« Sie schüttelte kaum merklich den Kopf, während sie sprach; das Buch fiel zu Boden. Sie ließ es dort liegen.

Die Unentschlossenheit ihres Betragens beunruhigte mich. Meine Mutter war immer selbstbeherrscht gewesen, sicher, fest. Nun, da ich sah, daß sie zu lange allein gewesen war, machte ich mir Vorwürfe, weil ich meinen Sohn allzusehr geliebt und weil die Zärtlichkeit seines Vaters mich zu innig und zu lange Zeit getröstet hatte. Viele Tage war ich meiner Mutter ferngeblieben. Wie konnte ich sie nun wachrütteln und ihre Gedanken ablenken? Ich nahm meinen Sohn, stellte ihn auf die dikken Beinchen, faltete ihm die kleinen Hände und ließ ihn vor ihr sich verneigen. Ich flüsterte ihm zu:

»Erhabene Alte Dame – sag das, mein Kind!«

»Alte Dame«, flüsterte er, während er meine Mutter ohne ein Lächeln anstarrte.

Ich habe dir ja gesagt, daß meine Mutter ihn seit seinem dritten Monat nicht gesehen hat, und du weißt, meine Schwester, wie vollendet schön er jetzt ist. Wer könnte ihm widerstehen? Ihr Blick fiel auf ihn und verweilte. Sie erhob sich. Sie trat zu dem vergoldeten Schrank und nahm ein rotes Lackkästchen heraus. Sie öffnete es, und darin waren kleine mit Sesamkernen bestreute Kuchen. Die gab sie ihm, indem sie ihm die Händchen füllte. Bei diesem Anblick lachte er laut; sie lächelte ihn leicht und nachsichtig an und sagte:

»Iß, meine kleine Lotosknospe! Iß, mein kleines Fleischklößchen!«

Als ich sie so zeitweise abgelenkt sah, hob ich das Buch auf, goß aus der Kanne, die auf dem Tische stand, eine Schale mit Tee voll und reichte sie mit beiden Händen meiner Mutter. Da gebot sie mir, mich zu setzen, und das Kind spielte auf dem Boden. Wir sahen ihm zu. Ich wartete, ob sie das Wort ergreife, da ich nicht wußte, ob sie die Angelegenheit meines Bruders zur Sprache bringen wollte. Sie begann nicht gleich damit. Sie sagte zuerst:

»Dein Sohn ist hier, meine Tochter!«

Ich entsann mich des Abends, da ich ihr von meinem Unglück erzählt hatte. Nun war die Freude des Morgens gekommen.

»Ja, meine Mutter«, erwiderte ich lächelnd.

»Du bist glücklich?« fragte sie, und ihr Blick war noch immer auf das Kind gerichtet.

»Mein Gebieter ist ein Fürst in seiner Gnade gegen mich, seine demütige Gattin.«

»Das Kind ist empfangen, geboren und vollkommen«, sagte sie, während sie meinen Sohn nachdenklich anblickte. »Ich sehe, daß er in allem zehn Zehntel und vollendet ist. Keine einzige Schönheit fehlt ihm. Ach –« Sie seufzte und bewegte sich unruhig. »Dein Bruder war solch ein Kind. Wäre er damals nur gestorben, daß ich mich seiner als eines schönen und guten Sohnes erinnern könnte!«

Da sah ich, daß sie von meinem Bruder zu sprechen wünschte. Doch ich wartete, um die Richtung ihrer Gedanken klarer zu erkennen. Nach kurzer Zeit sprach sie wieder, den Blick zu mir hebend:

»Du hast meinen Brief erhalten?«

»Der Brief meiner Mutter erreichte mich heute morgen durch die Hand der Dienerin«, erwiderte ich mit einer Verbeugung.

Sie seufzte wieder, erhob sich, ging zu der Lade des Schreibtisches und zog einen anderen Brief hervor. Ich stand auf und wartete so, bis sie sich wieder setzte. Sie gab mir den Brief, und ich nahm ihn mit beiden Händen. Sie sagte: »Lies!«

Das Schreiben kam von einem Freund meines Bruders, namens Tschu, mit dem er von Peking nach Amerika gegangen war. Auf Ersuchen meines Bruders, so hieß es in dem Brief, schreibe er, Tschu Kuoh-ting, den erhabenen Alten, um ihnen mitzuteilen, daß ihr Sohn nach westlicher Sitte sich jetzt mit der Tochter eines seiner Universitätslehrer verlobt habe. Er, ihr Sohn, sende seinen Eltern den Ausdruck kindlichen Gehorsams und der Ehrerbietung und bitte sie, seine frühere Verlobung mit der Tochter Lis zu lösen. Denn diese Verlobung habe ihn immer, schon beim bloßen Gedanken daran, unglücklich gemacht. Er erkenne in allen Dingen die überlegene Tugend seiner Eltern und ihre endlose Güte gegen ihn, ihren unwürdigen Sohn. Dennoch wünsche er, deutlich und klar zu sagen, daß er sich nicht mit jener Frau vermählen könne, der er nach chinesischem Brauch verlobt gewesen sei, denn die Zeit habe sich geändert; er sei ein moderner Mann und sei entschlossen, sich zu der modernen, unabhängigen, freien Art der Ehe zu bekennen.

Das Schreiben endete mit vielen förmlichen Ausdrükken ehrfurchtsvoller Sohnesliebe und kindlichen Gehorsams. Nichtsdestoweniger: den festen Entschluß im Herzen meines Bruders konnte man darin deutlich lesen. Er hatte nur deshalb seinen Freund gebeten, für ihn zu schreiben, weil er den Eltern und sich selbst die Beschämung unmittelbaren Trotzes ersparen wollte. Mein Herz brannte vor Zorn gegen ihn, als ich den Brief las. Sobald ich fertig war, faltete ich das Papier zusammen und gab es wortlos meiner Mutter zurück.

»Er ist von Tollheit erfaßt«, sagte meine Mutter. »Ich habe ihm den elektrischen Brief gesendet und ihm sofortige Rückkehr anbefohlen.«

Da erkannte ich die Heftigkeit ihrer Erregung. Denn meine Mutter gehört ganz und gar dem Alten China an. Als man in den Straßen unserer altehrwürdigen und schönen Stadt Stangen aufrichtete, die Drähte trugen, so wie die Zweige eines Baumes Spinnweben tragen, da hatte meine Mutter, ergrimmt über diese Entweihung, ausgerufen:

»Unsere Alten haben den Pinsel und den Tintenblock verwendet, und was hätten wir, ihre unwürdigen Nachkommen, zu sagen, wichtiger als die erhabenen Worte jener? Was hätten wir zu sagen, daß uns solche Eile nottäte?« So hatte sie entrüstet gerufen.

Und als sie dann hörte, daß Worte selbst unter dem Meere zu reisen vermögen, sagte sie:

»Was könnten wir denn jenen Barbaren mitzuteilen haben? Haben nicht die Götter selber in ihrer Weisheit das Meer zwischen uns ausgegossen, um uns von ihnen zu trennen? Es ist gottlos, das zu verbinden, was die Götter in ihrer Weisheit getrennt haben.«

Jetzt aber war dieses Bedürfnis nach Schnelligkeit sogar bis zu ihr gedrungen.

»Ich hatte gedacht«, so sagte sie traurig, »ich würde diese fremde Erfindung niemals verwenden müssen. Ich hätte es auch nicht getan, wäre mein Sohn in seinem Heimatlande geblieben. Doch wenn man mit den Barbaren zu tun hat, dann muß man den Teufel selber an die Mühle spannen.«

Da sprach ich, um sie zu beruhigen:

»Meine Mutter, betrübe dich nicht allzu sehr. Mein Bruder ist gehorsam. Er wird auf dich hören und sich diese Tollheit, daß er einer fremden Frau nachläuft, aus dem Sinn schlagen.«

Doch sie schüttelte den Kopf. Sie stützte die Stirn auf die Hand. Eine plötzliche Angst befiel mich, als ich das sah. Sie schien in der Tat krank zu sein. Niemals war sie kräftig gewesen, nun aber sah ich sie ganz abgemagert, und ihre Hand, die den Kopf stützte, zitterte. Ich neigte mich vor, um sie genau zu betrachten; da begann sie langsam zu sprechen:

»Vor geraumer Zeit schon«, sagte sie, und ihre Stimme klang schwach und matt, »habe ich erkannt, daß die Augen eines Mannes, wenn einmal eine Frau sich in sein Herz gestohlen hat, unverwandt nach innen gerichtet sind, auf das Bild dieser Frau, so daß er eine Zeitlang für alles andere blind bleibt.« Nach einer Pause der Erholung fuhr sie fort, und ihre Worte klangen schließlich wie Seufzer. »Dein Vater – gilt er nicht als ehrenwerter Mann? Dennoch habe ich mich schon lange damit abgefunden: wenn die Schönheit einer Frau ihn packt und seine Begierde erweckt, dann ist er eine Zeitlang toll und weiß nichts von Vernunft. Und er hat mit einigen Dutzend Singmädchen zu tun gehabt, außer diesen unnützen Esserinnen, die er als Konkubinen ins Haus bringt – drei sind es schon, und der einzige Grund, warum wir nicht noch eine haben, ist der, daß seine Begierde nach dem Pekinger Mädchen erlosch, ehe die geschäftlichen Abmachungen beendet waren. Wie könnte der Sohn größere Weisheit zeigen als der Vater? Die Männer –« Plötzlich erhob sie sich. Sie verzog die Lippen, bis ihr Mund in Verachtung ein eigenes Leben zu führen schien. »Immer winden sich ihre geheimsten Gedanken gleich Schlangen um das lebende Fleisch einer Frau!«

Ich saß da, als hätten ihre Worte mich betäubt. Noch nie hatte sie über meinen Vater und die Konkubinen gesprochen. Ich sah plötzlich in die inneren Hallen ihres Herzens. Bitternis und Leid flammten wie Brände in ihrer Seele. Ich fand keine Worte, sie zu trösten, ich, die Geliebte meines Gatten. Ich versuchte mir vorzustellen, daß dieser eine Zweite Dame nahm. Ich konnte es nicht. Ich vermochte mich nur der Stunden unserer Liebe zu entsinnen, und unwillkürlich richtete ich die Blicke auf meinen Sohn, der noch immer mit den kleinen Sesamkuchen spielte. Was hatte ich zu sagen, das meiner Mutter Trost gebracht hätte?

Dennoch drängte es mich, zu sprechen.

»Es mag sein, daß die fremde Frau –« begann ich schüchtern.

Doch sie stieß mit ihrer langen Pfeife auf den Boden. Sie hatte sie eben vom Tische genommen und hatte begonnen, sie mit zitternden Fingern hastig zu stopfen.

»Über sie wollen wir nicht reden«, sagte sie scharf. »Ich habe gesprochen. Nun liegt es an meinem Sohn, zu gehorchen. Er soll zurückkommen und die Tochter Lis heiraten, seine Verlobte, und aus ihr soll die erste Frucht kommen. So kann er seine Pflicht gegen die Ahnen erfüllen. Dann mag er als Kleine Frau nehmen, wen er will. Darf ich denn erwarten, daß der Sohn vollkommener sei als der Vater? Doch nun schweig und verlaß mich. Ich bin sehr müde. Ich muß eine Weile auf meinem Bette ruhen.«

Ich konnte nichts mehr sagen. Ich sah, daß sie wirklich sehr blaß war und daß ihr Körper sich neigte wie ein welkes Schilfrohr. Darum nahm ich meinen Sohn auf den Arm und zog mich zurück.

Zu Hause angelangt, erzählte ich meinem Gatten unter Tränen, daß es mir nicht gelungen war, den Kummer meiner Mutter zu lindern. Er legte die Hand auf meinen Arm und tröstete mich und hieß mich die Rückkehr meines Bruders geduldig erwarten. Er sprach so sanft mit mir, daß ich Hoffnung für die Zukunft faßte. Doch am nächsten Morgen, als er zu seiner Arbeit gegangen war, verfiel ich wieder dem Zweifel. Ich kann meine Mutter nicht vergessen!

Mitten in all den Kümmernissen ihres Lebens hegte sie viele Jahre diese eine große Hoffnung auf die Zukunft, die Hoffnung aller guten Frauen; sie dachte an ihres Sohnes Sohn, auf daß er ihr Alter stütze und ihre Pflicht gegen die Familie erfüllt sei. Wie ist es möglich, daß mein Bruder seinen rücksichtslosen Wunsch höher stellt als das Leben seiner Mutter? Ich werde meinen Bruder tadeln. Ich werde ihm alles vorhalten, was meine Mutter gesagt hat. Ich will ihm ins Gedächtnis rufen, daß er der einzige Sohn meiner Mutter ist. Dann will ich ihm sagen:

»Wie kannst du das Kind einer Fremden auf die Knie deiner Mutter legen?«

11

Wir haben seither nichts gehört, meine Schwester. Jeden Tag sende ich den Gärtner zum Haus meiner Mutter, um mich nach ihrem Befinden zu erkundigen und in Erfahrung zu bringen, ob Nachricht von meinem Bruder gekommen ist oder nicht. Jeden Tag, seit fünfzehn Tagen schon, antwortet er:

»Die erhabene Alte Dame sagt, sie sei nicht krank, aber vor den Blicken der Dienerinnen schwindet sie dennoch dahin. Sie kann nichts essen. Und was den jungen Gebieter betrifft, ist keine Nachricht da. Ohne Zweifel verzehrt deshalb ihr Herz den Körper. In ihrem Alter kann Angst nicht leicht ertragen werden.«

Oh, warum sendet mein Bruder keine Nachricht? Ich habe köstliche Speisen für meine Mutter bereitet und sie in zarte Porzellanschüsseln getan. Ich habe sie durch Dienerinnen gesandt und sagen lassen:

»Iß von dem armseligen Fleisch, meine Mutter; es ist ohne jeden Geschmack, aber weil meine Hände es bereitet haben, würdige es, ein wenig davon zu essen.«

Die Mägde sagen mir, sie beginne zu essen, lege aber bald die Stäbchen nieder. Sie kann ihr Herz von seiner Angst nicht befreien. Darf denn mein Bruder meine Mutter töten? Er sollte wissen, daß sie die unkindlichen Sitten des Westens nicht ertragen wird. Es ist eine Schmach, daß er sich seiner Pflicht nicht erinnert.

Ich verbringe viele Stunden in untätigem Grübeln. Ich kann nicht voraussehen, was mein Bruder tun wird. Zuerst zweifelte ich nicht, daß er schließlich meiner Mutter gehorchen werde. Sind denn nicht sein Körper, seine Haut und sein Haar von ihr gekommen? Und kann er all diese Weihe durch eine Fremde beflecken?

Zudem ist mein Bruder seit frühester Jugend in jener Weisheit des Großen Meisters unterwiesen worden: »Die erste Pflicht eines Mannes ist, sorgfältig auf jeden Wunsch seiner Eltern zu achten.« Wenn mein Vater zurückkehrt und hört, was mein Bruder beabsichtigt, wird gewiß auch er es verbieten. Ich überredete mich also, ruhig zu sein.

So dachte ich anfangs. Heute aber gleiche ich einem Strom ohne Bett, der seine Fluten über weite Sandflächen ergießt.

Mein Gatte ist es, Schwester, der mich an der Weisheit der alten Sitten zweifeln läßt. Durch die Macht der

Liebe erweckte er in mir den Zweifel. Gestern abend sagte er seltsame Dinge. Ich will es dir erzählen. Es war so:

Wir saßen auf der kleinen Ziegelterrasse, die er an der Südseite des Hauses hatte erbauen lassen. Unser Sohn schlief oben in seinem Bambusbett. Das Gesinde hatte sich zum Feierabend zurückgezogen. Ich saß auf dem Gartensitz aus Porzellan, ein wenig abseits von meinem Gebieter, so wie es sich schickt. Er lag in einem langen Schilfstuhl.

Gemeinsam betrachteten wir den vollgesichtigen Mond, der hoch oben am Firmamente dahinzog. Der Nachtwind hatte sich erhoben, und über den Himmel wirbelte eine Prozession weißer Wolken, schnell wie große, schneeweiße Vögel, die das Gesicht des Mondes bald verdunkelten, bald zauberhaft hell erscheinen ließen. So rasch zogen die Wolken, daß es schien, als ob der Mond selbst über die Bäume glitte. Der Duft von Regen hing in der Nachtluft. Entzücken über diese friedliche Schönheit quoll in mir empor. Ich war plötzlich sehr zufrieden mit meinem Leben. Ich hob die Augen und sah, daß mein Gatte mich anblickte. Köstliche und scheue Freude zitterte in mir.

»Welch ein Mond«, sagte er endlich, und seine Stimme war bewegt vor Freude. »Willst du die alte Harfe spielen, Kuei-lan?«

Ich neckte ihn mit scherzhaftem Vorwurf.

»Die Harfe kennt nach den Worten unserer Vorfahren, die sie verfertigt haben, sechs Dinge, die sie scheut, und sechs Verbote«, sagte ich. »Sie will ihre Stimme nicht ertönen lassen: angesichts der Trauer; neben festlichen Instrumenten; wenn der, der sie spielt, unglücklich ist; wenn er geschmäht wurde; wenn man lange keinen Weihrauch angezündet hat; oder vor einem gleichgültigen Hörer. Wenn sie heute abend nicht singen wird, was mag dann die Harfe wohl scheuen, mein Gebieter?«

Da wurde er ernst und sagte:

»Nein, mein Herz, ich weiß, daß sie früher einmal ihre Stimme nicht erklingen ließ, weil ich es war, den sie scheute: einen gleichgültigen Zuhörer. Jetzt aber? Laß deine Finger die alten Lieder der Liebe singen, die Lieder der Dichter.«

Da erhob ich mich, holte meine Harfe und legte sie neben ihn auf den kleinen steinernen Tisch. Ich stellte mich davor und berührte die Saiten, während ich darüber nachdachte, was ich ihm vorsingen sollte. Endlich sang ich:

»Kühl ist des Herbstes Wind,
Klar ist des Herbstes Mond.
Braunes Laub fällt und sammelt sich wieder;
Ein Rabe, frostbebend, fliegt auf vom Baum.
Wo bist du, Geliebter?
Soll ich dich wiedersehn?
Ach, heute schluchzt mein Herz –
Ich bin allein!«

Dann hallte dieser traurige Kehrreim immer noch weiter von den Saiten, lange nachdem meine Finger aufgehört hatten, sie zu berühren. »Allein – allein – allein –« Der Wind faßte das Echo, und plötzlich war der Garten erfüllt von dem kummervollen Klang. Der bebte seltsam in mir nach und rief mein Leid wieder wach, das eine Stunde lang vergessen geblieben war. Es war der Gram meiner Mutter. Ich legte die Hände leicht auf die Saiten der Harfe, um diesem Stöhnen Einhalt zu gebieten. Ich sagte:

»Ich bin es heute, mein Gebieter, den die Harfe scheut. Ich bin traurig, ich, die sie spielt, und die Harfe stöhnt von selbst.«

»Traurig?« Er erhob sich, trat zu mir und faßte meine Hand.

»Meine Mutter ist es«, sagte ich leise und wagte es, einen Augenblick den Kopf an seinen Arm zu lehnen. »Sie härmt sich und ihr Kummer spricht zu mir durch die Harfe. Es ist meines Bruders wegen. Ich fühle heute die Unruhe meiner Mutter. Alles ist unruhig und wartet auf sein Kommen. Sie hat niemanden mehr außer ihm. Es ist lange her, seit zwischen meinem Vater und ihr alles zu Ende ging, und selbst ich gehöre jetzt einer anderen Familie an – der deinen.«

Mein Gatte sagte zuerst nichts. Er nahm ausländischen Tabak aus der Tasche und zündete ihn an. Endlich sprach er in ruhigem Tone:

»Du mußt auf alles gefaßt sein. Es ist besser, der Wahrheit ins Auge zu sehen. Er wird deiner Mutter wahrscheinlich nicht gehorchen.«

Ich war betroffen.

»Oh, warum glaubst du das?« fragte ich.

»Warum glaubst du, daß er es tun werde?« fragte auch er, während er Wolken Tabakrauchs aus dem Munde stieß.

Ich schrak zurück.

»Nein! Antworte mir nicht mit Fragen. Ich weiß es nicht – ich bin nicht klug – und schon gar nicht im Anführen von Gründen. Wenn ich einen wirklichen Grund habe, ist es der, daß man uns gelehrt hat, den Gehorsam gegen die Eltern als die Grundlage des Staates anzuerkennen und als die Pflicht eines Sohnes –«

»Die alten Grundlagen gehen in Trümmer – sind zertrümmert.« Er unterbrach mich mit einem bedeutungsvollen Blick. »Heutzutage muß es stärkere Gründe geben.«

Zweifel erfüllten mich bei seinen Worten. Dann erinnerte ich mich eines geheimen Trostes, eines Gedankens, den ich bisher nicht laut ausgesprochen hatte. Es war mein innerster Gedanke.

»Aber die Ausländerinnen sind ja so häßlich«, flüsterte ich. »Wie soll sich ein Mann unserer Rasse unter ihnen ein Weib suchen? Ihre eigenen Männer haben ja nichts Besseres, doch –«

Ich verstummte, denn ich schämte mich, so vor meinem Gatten über Männer zu sprechen. Und dennoch, wie konnte ein Mann Begehren tragen nach solchen Frauen, wie jene es war, die wir vor der Geburt meines Sohnes gesehen hatten? Nach Frauen mit so hellen, leeren Augen und verblaßtem Haar, mit so derben Händen und Füßen? Ich kannte meinen Bruder! War er denn nicht der Sohn meines Vaters, und hatte mein Vater nicht vor allem anderen auf Erden die Schönheit in Frauen geliebt?

Aber mein Gatte lachte kurz auf.

»Ha! Nicht alle Chinesinnen sind schön, und nicht alle Ausländerinnen häßlich! Die Tochter Lis, die Verlobte deines Bruders, ist keine Schönheit, wie ich höre. Man erzählt sich in den Teestuben, ihr Mund sei zu breit – er wölbe sich abwärts wie eine Reissichel –«

»Wie dürfen die Müßiggänger in den Teestuben wagen, solche Reden zu führen?« rief ich entrüstet. »Sie ist ein ehrbares Mädchen, und ihre Familie edel.«

Er zuckte die Achseln.

»Ich erwähnte nur, was ich höre und was auch dein Bruder gehört haben muß«, erwiderte er. »Mag sein, daß solche Gerüchte es ihm leichter gemacht haben, sein schwankendes Herz einer anderen zu schenken.«

Wir schwiegen einen Augenblick.

»Und diese fremden Frauen!« rief er, während er nachdenklich weiterrauchte. »Manche von ihnen gleichen an Schönheit dem Weißen Stern! Hell ist ihr Auge – frei ihr Körper –«

Ich wandte mich meinem Gatten zu und starrte ihn mit weit geöffneten Augen an. Aber er sah mich nicht. Er fuhr fort:

»Diese schönen nackten Arme – jene Frauen wissen

nichts von der erkünstelten Sittsamkeit und all der Zurückhaltung der unseren, glaub mir das! Sie sind frei, wie Sonne und Wind frei sind. Lachend und tanzend nehmen sie sich das Herz eines Mannes und lassen es durch die Finger gleiten wie Sonnenlicht, um es auf die Erde zu verstreuen.«

Mein Atem stockte einen Augenblick lang. Von wem sprach er in solchen Worten, er, mein Gatte? Welche Fremde hatte ihn das gelehrt? Ich fühlte plötzlich bitteren Groll in mir aufsteigen:

»Du - du hast -« stammelte ich.

Er aber schüttelte den Kopf und lachte mich ein wenig aus. »Was für eine Frau du bist! Nein - keine hat mein Herz so verstreut. Ich habe es aufbewahrt, bis -« Sein Ton wandelte sich in Zärtlichkeit; und mein Herz verstand und ich war erleichtert.

»Aber es war schwer?« flüsterte ich.

»Nun ja, manchmal. Wir chinesischen Männer wurden immer so abgesondert gehalten. Unsere Frauen sind zurückhaltend und spröde. Sie enthüllen nichts. Für einen jungen Mann aber - und dein Bruder ist jung - sind jene, die Ausländerinnen, mit ihrem schönen schwanenweißen Fleisch, mit ihren köstlichen Körpern, die sich dem Mann im Tanze zudrängen -«

»Pst, mein Gebieter«, sagte ich würdevoll. »Das sind Männerreden; ich will sie nicht hören. Sind diese Leute wirklich so kulturlos und wild, wie es nach deinen Reden zu sein scheint?«

»Nein«, erwiderte er langsam. »Es liegt zum Teil daran, daß diese Nation jung ist und daß die Jugend sich ihre Freuden in derben Formen holt. Aber ich erwähne es, weil auch dein Bruder jung ist. Und selbst wenn du es nicht gerne hörst, darf man doch nicht vergessen, daß der Mund seiner Verlobten breit ist und gekrümmt wie eine Reissichel.« Er lächelte wieder, setzte sich und blickte weiter den Mond an.

Mein Gatte ist weise. Ich kann seine Worte nicht leichthin abtun. Aus dem, was er gesagt hat, beginne ich zu erkennen, daß an dem unbedeckten Fleisch dieser fremden Frauen irgendein flüchtiger Zauber hängen mag. Wenn ich ihn sprechen höre, beunruhigt es mich. Es gemahnt mich an die funkelnden Augen und an das Lachen meines Vaters und seiner Lieblingskonkubine. Ich schauere zusammen und dennoch kann ich meine Gedanken nicht ablenken.

Und so grüble ich ohne Unterlaß. Gewiß, mein Bruder ist ein Mann. Zudem bedeutet sein hartnäckiges Schweigen Böses.

Es war von Kindheit an seine Art, durch Schweigen einen Entschluß zu vertiefen. Wenn seine Mutter ihm als Kind etwas verwehrte, wurde er – so erzählt Wang Da Ma – plötzlich still und faßte das verbotene Spielzeug noch fester.

Endlich legte ich die Harfe seufzend in den Lackkasten. Der Mond hatte sich den Wolken gänzlich ergeben, und leichter Regen begann zu fallen. Die Laune der Nacht hatte sich geändert. Wir gingen ins Haus. Ich schlief schlecht.

12

Heute ist die Morgendämmerung an einem stillen grauen Himmel herangezogen. Schwer ist die Luft vor später Hitze und voll von Feuchtigkeit. Das Kind ist unruhig, obwohl ich keine Krankheit an ihm finden kann.

Der Diener, der morgens von seiner Erkundigung im Hause meiner Mutter zurückkam, berichtete mir, daß mein Vater heimgekehrt sei. Es scheint, daß Wang Da Ma den Mut gefaßt hat, ihm durch den öffentlichen Briefschreiber, der am Tempeltor sitzt, Nachricht zu senden, mit der demütigen Bitte, er möge kommen, da die Kraft meiner Mutter nicht zunehme. Tag um Tag sitze sie in ihrem Gemach. Sie könne nicht essen. Mein Vater hat den Brief erhalten und ist für zwei Tage nach Hause gekommen.

Dann entschloß ich mich, ihn zu besuchen. Ich kleidete meinen Sohn in Rot. Das ist das erste Mal, daß mein Vater ihn sehen sollte.

Ich fand meinen Vater beim Teich im Goldfischhof sitzen. Da die Luft heiß war und er in letzter Zeit schon außerordentlich fett ist, saß er neben dem Teich bloß in seiner Unterjacke und der Hose aus Sommerseide, die bleich war wie die Wasser unter den Weiden. Die Zweite Dame stand neben ihm und fächelte ihm Kühlung zu, obwohl ihr von der ungewohnten Anstrengung der Schweiß über die Wangen troff, und auf den Knien hielt er eines seiner Kinder, denen man wegen der Rückkehr des Vaters Festkleidung angelegt hatte.

Als ich in den Hof trat, klatschte er in die Hände und rief:

»Ah - seht doch - hier kommt die Mutter mit ihrem Sohn.«

Er setzte das Kind von seinen Knien ab und hieß meinen Sohn näher treten, indem er ihn mit leisen Worten und mit Lachen lockte. Ich verneigte mich tief, und er nickte, während er den Blick noch immer auf meinen Sohn gerichtet hielt. Da faltete ich meinem Sohn die Hände und befahl ihm, sich zu verbeugen. Mein Vater freute sich sehr.

»Ah - seht doch!« sagte er wieder und wieder mit sanfter Stimme. Er hob meinen Sohn auf die Knie, befühlte die runden Ärmchen und Beine und lachte über die weit geöffneten erstaunten Augen des Kindes.

»Welch ein Mann!« rief er entzückt. »Eine Sklavin soll ihm Zuckerwerk bringen! Kandierte Dattelpflaumen sollen gebracht werden und kleine Speckkuchen!«

Ich war entsetzt. Mein Kind hatte höchstens zehn Zähne, wie könnte es da Hartes essen?

»Oh, mein erhabener Vater«, bat ich, »bedenke doch seine zarten Jahre. Sein kleiner Magen ist nur an weiche Nahrung gewöhnt. Ich bitte dich –«

Doch mein Vater gebot mir mit einer Handbewegung Schweigen und sprach zu dem Kinde. Ich mußte mich fügen.

»Aber du bist ja ein Mann! Füttert dich denn deine Mutter noch immer mit Brei? Meine Tochter, auch ich habe Söhne gehabt – viele Söhne, vier oder vielleicht fünf? Ich kann mich nicht mehr genau erinnern. Jedenfalls verstehe ich mehr von Söhnen als die Mutter eines einzigen Sohnes, selbst wenn es ein solcher ist.« Er lachte laut und lärmend und fuhr fort. »Ach, möge bloß mein Sohn, dein Bruder, mir auch so ein Kind zeugen mit der Tochter Lis, damit es einmal meine alten Knochen verehre!«

Da er meinen Bruder erwähnt hatte, faßte ich Mut und fragte:

»Wenn er aber eine Ausländerin heiratet, mein Vater? Diese Furcht ist es, die das Herz meiner Mutter verzehrt, so daß die Erhabene Tag um Tag schwächer wird am Körper.«

»Sei still! Das kann er ja nicht!« entgegnete er leichthin. »Wie darf er denn heiraten ohne meine Zustimmung? Das wäre ungesetzlich, deine Mutter regt sich grundlos über die ganze Sache auf. Ich habe ihr erst heute morgen gesagt:

›Laß ab von deinem närrischen Kummer. Mag der Junge mit seiner Ausländerin spielen. Er ist vierundzwanzig Jahre alt, und sein Blut drängt ihn. Das bedeutet nichts; in seinem Alter hatte ich drei Singmädchen, die ich liebte. Laß ihm sein Vergnügen. Wenn er ihrer müde wird – sagen wir in zwei Monaten, oder falls sie wirklich eine Schönheit ist, vielleicht in vier oder fünf, obwohl ich das nicht glaube –, wird er sich um so eher zur Heirat bereit finden. Kann man denn verlangen, daß er vier Jahre hätte leben sollen wie ein Mönch, wenn er auch im Ausland geweilt hat? Sind die Ausländerinnen nicht trotz allem Frauen?‹

Aber deine Mutter war von jeher unverständig. Von allem Anfang an war sie von einer höchst sonderbaren Heftigkeit besessen. Nein, nein, ich spreche nicht schlecht von ihr. Sie ist weise, und unter ihren Händen wird mein Gold und Silber nicht leichtsinnig vertan. Ich klage nicht. Sie peinigt mich nie mit ihren Reden, wie manche Frauen es tun. Es gibt Zeiten, da ich wünschte, sie täte es; damit ich nicht diesem Schweigen begegnete, das mir von jeher unheimlich war. Ach, jetzt macht es nichts mehr aus – es ist nun unwichtig. Niemand versteht die Launen einer Frau. Doch schon seit ihrer Jugend hat sie diesen Fehler: einen Ernst, der viel zu schwer ist für die Behaglichkeit des täglichen Lebens. Sie klammert sich an irgendeinen Gedanken, an irgendeine eingebildete Pflicht, und diese wird dann der Zweck ihres Lebens. Das ist sehr ermüdend –«

Er brach seine Rede ziemlich gereizt ab. Diese Stimmung hatte ich bei meinem Vater noch nie gesehen. Er nahm den Fächer aus der Hand der Zweiten Dame und begann sich heftig zu fächeln. Er setzte meinen Sohn auf den Boden und schien ihn vergessen zu haben. Er fuhr fort, beinahe zornig:

»Und nun hat sie eine seltsame Weiberidee, daß nämlich die erste Verbindung unseres Sohnes uns einen Enkel bringen solle – aus dem Aberglauben, daß das Kind dadurch vom Himmel reicher begnadet sein werde. Ach, die Weiber haben harte Köpfe. Und die besten unter ihnen sind unwissend, da sie von der Welt abgesperrt leben.«

Er schloß die Augen und fächelte sich einige Augenblicke schweigend Kühlung zu. Bald verging seine

Gereiztheit. Der gewohnte Ausdruck friedlicher, lächelnder, guter Laune zeigte sich wieder in seiner Miene. Er öffnete die Augen, drängte meinem Sohn Kuchen auf und sagte:

»Iß, mein Kleiner! Was bedeutet das alles? Härme dich nicht, meine Tochter. Kann denn ein Sohn, der seinem Vater ungehorsam war, am Leben bleiben? Ich vermag mich in dieser Sache nicht zu beunruhigen.«

Noch immer war ich nicht zufrieden, und nach kurzem Schweigen hatte ich noch einiges zu sagen.

»Aber, mein Vater, wenn er sich weigert, seine Verlobte zu heiraten? Ich habe gehört, daß in den heutigen geänderten Zeiten –«

Doch mein Vater wollte davon nichts hören. Er machte eine flüchtige Handbewegung und lächelte.

»Weigern? Ich habe noch nie gehört, daß ein Sohn seinem Vater etwas verweigern kann. Beruhige dich, meine Tochter. Nach einem Jahr wird er mit der Tochter Lis, dem Gesetze entsprechend, schon einen Sohn gezeugt haben. So einen, wie du es bist, mein kleiner Mann!«

Und er tätschelte die Wange meines Sohnes.

Ich erzählte meinem Gatten, was mein Vater gesagt hatte; er hörte es an und erwiderte sinnend:

»Die Schwierigkeit bei alldem mag darin liegen, daß die Ausländerin vielleicht nicht gewillt sein wird, eine untergeordnete Stellung einzunehmen. Es ist in ihrem Lande nicht üblich, daß Männer Nebenfrauen haben.«

Ich wußte keine passende Antwort. Es war mir noch gar nicht in den Sinn gekommen, an jene Frau zu denken, oder daran, was sie von unseren Sitten halten mochte. War es ihr nicht gelungen, meinen Bruder zu umgarnen? Was konnte sie noch mehr wünschen? Bisher hatte ich nur an meinen Bruder gedacht und an seine Pflicht den Eltern gegenüber.

»Du meinst also, sie werde glauben, daß sie alle Tage

ihres Lebens meines Bruders einzige Frau sein kann?« fragte ich.

Ich war beinahe ein wenig erzürnt. Wie konnte sie sich herausnehmen, meinem Bruder verbieten zu wollen, was nach den Gesetzen seines Landes ein ihm zukommendes Recht war? Wie konnte sie mehr von ihm fordern, als meine erhabene Mutter von meinem Vater verlangt hatte? Ich sagte das meinem Gatten.

»Das alles erscheint mir sehr einfach«, sagte ich schließlich. »Wenn sie einen Mann unserer Rasse heiratet, muß sie ihm die Freiheit geben, an die er gewöhnt ist. Sie kann ihre ausländischen Sitten nicht hierher verpflanzen.«

Mein Gatte blickte mich an und lächelte höchst sonderbar. Ich konnte ihn nicht verstehen. Dann sprach er:

»Angenommen, ich sagte dir, daß ich den Wunsch hegte, eine Kleine Frau zu nehmen - eine Konkubine.«

Etwas Kaltes traf mich, als ob man mir Schnee auf die nackte Brust geworfen hätte. Ich flüsterte:

»Ach nein, mein Gebieter - das könntest du niemals tun - nicht jetzt! Ich habe dir einen Sohn geschenkt!«

Er sprang auf, und ich fühlte seinen Arm auf meinen Schultern. Er murmelte:

»Nein, nein, mein Herzchen - Ich meine es nicht so - Ich würde - ich könnte es gewiß nicht tun -«

Aber seine früheren Worte waren zu plötzlich gekommen. Das sind die Worte, die gar manche Frau fürchtet, ja erwartet. Doch ich hatte sie nicht erwartet, da er mich ja liebte, und nun hatte er unvermutet all die Pein meiner Mutter in mein Herz gesenkt und die Pein Hunderter Generationen von Frauen, die einst ihre Gebieter liebten und deren Gunst verloren. Ich brach in plötzliches Schluchzen aus, das ich nicht bezwingen konnte.

Da tröstete mich mein Gatte, indem er meine Hände festhielt und leise zu mir sprach. Aber ich kann dir seine Worte nicht sagen, Schwester; diese Worte, wiederholt, selbst zwischen uns, würden mich beschämen. Scheu erfaßt mich, wenn ich an sie denke. Sie waren die köstlichsten, die erlesensten Liebesworte! Meine Tränen versiegten, und ich war getröstet.

Als wir eine Weile geschwiegen hatten, fragte er mich: »Aber warum hast du geweint?«

Ich ließ den Kopf hängen und fühlte, wie mir das Blut rasch in die Wangen stieg.

Er nahm mein Gesicht zwischen beide Hände und zwang mich, zu ihm aufzusehen.

»Warum - warum?« beharrte er, und wie immer, wenn ich seine Fragen beantworte, kam die Wahrheit auf meine Lippen.

»Weil mein Gebieter in meinem Herzen weilt«, stammelte ich, »und es gänzlich ausfüllt. Und weil ich -«

Ich verstummte unwillkürlich, doch seine Blicke antworteten. Dann sagte er leise und überaus zärtlich:

»Und was dann, wenn sie deinen Bruder ebenso liebt? Ihre Natur unterscheidet sich nicht von der Natur anderer Frauen - bloß deshalb, weil sie zufällig jenseits der westlichen Meere geboren wurde. Ihr seid Frauen und einander gleich im Gemüt und in eueren Wünschen.«

So hatte ich ihrer noch nie gedacht. Ich erkannte, daß ich bis jetzt nicht klar gesehen hatte. Immer ist es mein Gatte, der mich belehrt.

»Oh, ich habe Angst - ich habe Angst! Jetzt beginne ich das alles ein wenig besser zu verstehen. Was sollen wir tun, wenn zwischen der Fremden und meinem Bruder wahre Liebe lebt?«

13

Ein Brief meines Bruders ist gekommen! Er hat mir und meinem Gatten geschrieben und bittet um unsere Hilfe. Er beschwört mich, bei den Eltern seine Fürsprecherin zu sein. Und dann erzählt er von ihr – der Fremden! Er gebraucht flammende Worte, ihre Schönheit zu preisen. Er sagt, sie gleiche an Pracht einer von Schnee bedeckten Fichte.

Und dann, o meine Schwester! Dann sagt er, daß er nach den Gesetzen jenes Landes mit ihr schon vermählt ist. Er bringt sie mit, da er jetzt den Brief unserer Mutter mit dem Befehl zur Rückkehr erhalten hat. Als ob es um sein Leben ginge, bittet er uns, ihnen zu helfen. Zu helfen – weil er und die fremde Frau einander lieben!

Ich bin verzweifelt. Um dessen willen, was zwischen mir und meinem Gatten lebt, bin ich zutiefst verzweifelt. Ich kann die Reden meiner Mutter jetzt nicht hören. Ich denke nicht mehr an ihren Kummer. Ich denke nicht daran, daß mein Bruder ihr ungehorsam war. Durch nichts anderes hätte mein Bruder mich überreden können; doch wenn sie ihn liebt, so wie ich meinen Gebieter liebe, wie kann ich ihnen dann irgend etwas abschlagen?

Ich werde zu meiner Mutter gehen.

Drei Tage sind nun verstrichen, meine Schwester, seit ich vor meine Mutter getreten bin. Voll Demut schickte ich mich an, ihr zu nahen. Ich wählte die Worte im voraus, so wie ein Bräutigam Schmuck wählt für seine Braut. Ich ging allein in ihre Gemächer und trat vor ihr Antlitz. Mit zarten Worten flehte ich.

Sie verstand nichts – nichts, meine Schwester. Wir sind einander entfremdet, meine Mutter und ich. Sie klagt mich schweigend an, die Ausländerin zu beschützen und die Seite meines Bruders gegen seine Mutter zu ergreifen. Obwohl sie es nicht in Worten sagt, weiß ich doch, daß sie im innersten Herzen zu sich selber so spricht. Sie will meine Erklärungen nicht hören.

Und all das, obwohl ich meine Rede mit der größten Sorgfalt vorbereitet hatte! Ich sagte zu mir:

»Ich will in ihr Erinnerungen an ihre eigene Heirat

erwecken und an jene ersten Tage der Liebe meines Vaters, da meine Mutter in der Blüte ihrer größten Schönheit und Jugend stand.«

Können aber steife und starre Formen, wie Worte es sind, die geistige Wesenheit der Liebe festhalten? Das ist, als wollte jemand versuchen, eine rosige Wolke in einem eisernen Gefäß aufzufangen. Es ist, als wollte man mit einem harten Bambuspinsel Schmetterlinge malen. Als ich, ob der Zartheit des Gegenstandes zögernd, von diesem Zauber der Liebe zwischen jungen Menschen sprach, von dieser geheimnisvollen Harmonie, die ein Herz unerwartet an das andere fesselt, wurde sie von Verachtung erfüllt. »Es gibt nichts Derartiges zwischen Mann und Frau«, sagte sie hochmütig. »Das ist nur Begierde. Verwende keine poetischen Ausdrücke, wenn du davon sprichst. Es ist nur Begierde – des Mannes Verlangen nach der Frau, das Verlangen der Frau nach einem Sohn. Wenn diese Begierde befriedigt wurde, bleibt nichts übrig.«

Ich versuchte es von neuem.

»Erinnerst du dich, meine Mutter, wie dein Gemüt sprach, als du meinem Vater vermählt wurdest?«

Doch sie legte mir die mageren heißen Finger heftig auf die Lippen.

»Rede nicht von ihm. In seinem Herzen hat es hundert Frauen gegeben; zu welcher hat sein Gemüt gesprochen?«

»Und dein Herz, meine Mutter?« fragte ich sanft, und ich griff nach ihrer Hand. Die lag zitternd in der meinen, und dann zog meine Mutter sie zurück.

»Das ist leer«, sagte sie. »Es wartet auf einen Enkel, den Sohn meines Sohnes. Wenn er den Ahnentafeln vorgeführt worden ist, dann mag ich in Frieden sterben.«

Sie wandte sich ab und weigerte sich, weiter zu sprechen.

Ich ging traurig fort. Was hat mich so weit von meiner

Mutter entfernt? Laut rufen wir, aber die eine hört nicht die andere. Wir sprechen, aber wir verstehen einander nicht. Ich fühlte, daß ich geändert bin, und ich weiß, daß die Liebe mich gewandelt hat.

Ich gleiche einer schwankenden Brücke, die die Unendlichkeit zwischen Vergangenheit und Gegenwart überspannt. Ich fasse die Hand meiner Mutter, ich kann von ihr nicht lassen, denn ohne mich ist sie allein, aber die Hand meines Gatten hält die meine, seine Hand hält meine fest. Nimmer kann ich von der Liebe lassen!

Was soll also aus der Zukunft werden, meine Schwester?

Ich verbringe meine Tage mit Warten. Ich scheine zu träumen, und der Traum dreht sich immer wieder um blaues Wasser und um ein weißes Schiff darauf. Es eilt wie ein großer Vogel der Küste zu. Wenn ich es könnte, ich würde meine Hand ausstrecken bis zur Mitte des Weltmeeres, ich würde das Schiff ergreifen und dort festhalten, auf daß es nie ankomme. Wie könnte mein Bruder sonst glücklich werden, nach dem, was er getan hat? Jetzt ist kein Platz mehr für ihn in seinem Heim, unter dem Dach seines Vaters.

Aber meine schwachen Hände vermögen nichts aufzuhalten. Ich träumte nur und bin nicht fähig, einen klaren Gedanken zu fassen. Nichts kann das Bild dieses Schiffes zurückdrängen, es sei denn mein Sohn, wenn er lächelt und seine ersten Worte lallt. Ich halte ihn den ganzen Tag an meiner Seite. Nachts aber erwache ich und höre rings um mich das Donnern der Wogen. Stunde um Stunde jagt das Schiff vorwärts und nichts kann es hindern, näher zu kommen.

Wie wird das sein, wenn mein Bruder zurückkehrt und sie mitbringt? Ich habe Angst vor so Fremdartigem. Ich bin stumm in dieser Zeit des Wartens. Ich kenne weder Gut noch Böse, ich warte nur!

Sieben Tage noch, so sagt mein Gatte, und das weiße Schiff wird an der Mündung des Flusses, des großen Sohnes der See, der am Nordtor unserer Stadt vorbeifließt, vor Anker gehen. Mein Gatte kann nicht verstehen, warum ich mich an die Stunden klammere, um sie zu verlängern und den achten Tag noch weiter in die Zukunft hinauszuschieben. Ich kann ihm meine Angst vor dem Seltsamen, das kommen muß, nicht in Worten erklären. Er ist ein Mann. Wie soll er das Herz meiner Mutter verstehen? Ich kann nicht vergessen, wie sie die Ankunft meines Bruders fürchtet. Ich bin nicht mehr bei ihr gewesen. Jetzt haben wir einander nichts zu sagen. Ich kann sie bloß nicht vergessen, und auch nicht vergessen, daß sie allein ist.

Und doch kann ich auch meinen Bruder nicht vergessen und jene Frau, die er liebt. Ich werde hin und her gezerrt, wie ein schwacher Pflaumenbaum in einer Windsbraut, die zu heftig ist für seine Widerstandskraft.

14

Ich konnte nicht warten, bis du Zeit hättest, meine Schwester! Ich bin zu Fuß gekommen. Ich habe meinen Sohn in den Armen seiner Wärterin gelassen, ohne mich um seine Tränen über mein Fortgehen zu kümmern. Nein – keinen Tee! Ich muß gleich nach Hause zurückeilen. Ich bin nur hergelaufen, um dir zu sagen –

Sie sind da! Mein Bruder und die Fremde, sie sind da! Sie kamen vor zwei Stunden und aßen bei uns. Ich habe die Frau gesehen. Ich habe sie sprechen hören, aber ich verstehe ihre Worte nicht. Sie ist so seltsam, daß ich sie, selbst gegen meinen Willen, anstarre.

Als wir beim Frühstück saßen, kamen sie. Der Türhüter lief zu uns herein, nahm sich kaum Zeit zu einer Verbeugung und keuchte:

»Ein Mann ist am Tor, mit einer Person, wie ich sie noch nie gesehen habe! Ich weiß nicht einmal, ob es ein Mann oder eine Frau ist. Diese Person ist groß wie ein Mann, doch ihr Gesicht gleicht einem Frauengesicht!«

Mein Gatte blickte mich an; er legte die Eßstäbchen nieder.

»Das sind sie«, sagte er ruhig, auf meinen erstaunten Blick.

Dann ging er selbst ans Tor. Gleich darauf traten sie ein. Ich erhob mich, sie zu begrüßen, doch als ich die hohe, fremdländische Gestalt erblickte, erstarb mir die Sprache im Mund. Ich bemerkte meinen Bruder kaum. Ich sah nur sie, die Fremde, ihren hohen Wuchs, der in einem dunkelblauen, bis knapp unter die Knie reichenden Kleide doch schlank erschien.

Aber mein Gatte war gar nicht verlegen. Er forderte die beiden auf, sich mit uns zu Tisch zu setzen, und ließ frischen Tee und Reis auftragen. Ich sagte nichts. Ich konnte nur wieder und wieder die Fremde ansehen.

Selbst jetzt vermag ich nur immer wieder mich zu fragen:

»Was sollen wir mit dieser fremden Frau beginnen? Wie soll sie sich je und je in unser Leben einfügen?«

Ich denke nicht mehr daran, daß mein Bruder sie liebt. Ich bin wirr vor Staunen darüber, daß sie hier ist, in meinem Haus. Es ist wie ein Traum, der einem, noch während man träumt, unwahr erscheint, als etwas, das bald vorbei sein wird, weil es zu unwirklich ist.

Du fragst mich nach ihrem Aussehen? Ich weiß kaum, wie ich es schildern soll, obwohl ich, wie schon gesagt, seit sie in die Tür getreten ist, nichts anderes getan habe als sie anstarren; laß mich überlegen, wie sie aussieht.

Sie ist größer als mein Bruder. Ihr Haar ist geschoren. Dennoch liegt es nicht anmutig an den Ohren, es erweckt den Eindruck, als wäre es von den vier Winden zerzaust, und es ist gelblich wie der Tigerknochenwein.

Ihre Augen gleichen der See unter einem stürmischen Himmel und sie lächelt nicht leicht.

Sobald ich sie vor mir sah, fragte ich mich, ob sie schön sei. Aber ich antwortete mir: nein, sie ist nicht schön. Ihre Augenbrauen sind nicht zart wie die Flügel eines Schmetterlings, nicht so, wie wir die Brauen einer Frau gerne sehen. Sie sind dunkel und liegen schwer über den sinnenden Augen. Neben ihrem Gesicht erscheint das meines Bruders jugendlicher, mit runderem Fleisch und zarteren Knochen. Dennoch ist sie erst zwanzig - vier Jahre jünger als er.

Und ihre Hände - wenn man ihre Hände neben die meines Bruders legte und die Körper verhüllte, würde ich sagen, die seinen seien die Hände einer Frau. Seine Hand ist weich, das Fleisch olivfarben. In ihren Händen aber treten die Knochen unter der Haut hervor, und ihre Gelenke sind viel derber als die meinen. Als sie meine Rechte ergriff, fühlte ich, daß ihre Handfläche ballig und hart in der meinen lag. Ich erwähnte das vor meinem Gatten, als wir nach dem Frühstück einen Augenblick allein waren. Er sagte, das komme von einem Spiel, das Tennis heißt und das die Ausländerinnen mit ihren Männern spielen - gewiß, um diese zu belustigen. Wie sonderbar doch die fremden Frauen um Liebe werben!

Ihre Füße sind um zwei Zoll größer als die meines Bruders, wenigstens scheint es mir so. Wie beschämend das für beide sein muß!

Was meinen Bruder betrifft, so trägt er westliche Kleidung und macht in vielen Dingen den Eindruck eines Fremden. Er bewegt sich rasch und ist ruhelos. Wenn ich ihn anblicke, kann ich nirgends mehr die einstige, wie Silber matt schimmernde Jugend finden. Nun hält er den Kopf hoch, und wenn er spricht, zeigt sein Gesicht kein Lächeln. Er trägt weder Ringe noch sonst Schmuck, bloß einen einfachen Goldreif an einem Finger der rechten Hand. In diesem Ring ist kein einziger Edelstein. Die starren dunklen Kleider des Westens lassen die Blässe meines Bruders noch deutlicher hervortreten.

Selbst wenn er sitzt, tut er dies nach Art der Westländer, indem er ein Knie über das andere legt. Er spricht ohne Mühe mit meinem Gatten und der Ausländerin in der fremden Sprache, und die Worte rollen ihnen mit einem Geklapper aus dem Mund, als ob Kieselsteine über einen Felsen kollerten.

Er ist ganz und gar verwandelt. Selbst seine Augen sind anders geworden. Sie blicken nicht mehr zu Boden. Sie sind lebhaft und furchtlos und blicken kühn die Person an, mit der er spricht. Er trägt eine sonderbare Brille aus Gold und einer Art dunkler Muschel, und sie läßt ihn älter erscheinen, als er ist.

Seine Lippen aber sind noch immer die Lippen unserer Mutter. Schmal, zart, im Schweigen aufeinander gepreßt. Nur noch an den Lippen meines Bruders hängt ein Hauch des alten, kindischen Eigenwillens, der sich immer zeigte, wenn dem Knaben ein Wunsch versagt worden war. Daran erkannte ich meinen Bruder.

Ich und mein Sohn, wir sind hier wohl die einzigen Chinesen. Da stehen sie in unserem Haus, gehüllt in ihre sonderbare Kleidung, und sprechen miteinander in ihrer sonderbaren Sprache. Ich und mein Sohn, wir verstehen sie nicht.

Sie wollen in unserem Hause bleiben, bis unser Vater und unsere Mutter sie empfangen. Wenn meine Mutter erfährt, daß ich ihnen erlaubt habe, hier zu wohnen, wird sie über den Ungehorsam meines Hauses bitter zürnen. Ich zittere. Doch was mein Gatte anordnet, muß geschehen. Und schließlich: ist es nicht mein Bruder? Der Sohn derselben Mutter?

Wenn wir uns alle gemeinsam zum Reis setzen, kann sie mit den Eßstäbchen nicht umgehen. Ich lache heimlich hinter meinem Ärmelzipfel, weil sie die Stäbchen nicht einmal so gut halten kann wie mein Sohn mit seinen winzigen Händchen. Sie packt sie fest, und ihre Stirn runzelt sich bei der ernsthaften Anstrengung, zu lernen. Doch ihre Hände sind ungeschickt in zarten Dingen. Sie weiß nichts.

Ihre Stimme, meine Schwester, gleicht keiner Frauenstimme, die ich bis jetzt gehört habe. Wir lieben es, die Stimme einer Frau leicht und sanft zu hören, einem Bächlein gleich, das zwischen zwei Felsen plätschert. Oder gleich dem Zirpen kleiner Vögel im Schilf. Doch ihre Stimme ist tief und voll, und da sie nur selten spricht, hält man inne, um ihr zu lauschen. Sie hat den vollen Klang der Stimme der Drossel im Frühling, wenn der Reis darauf wartet, zu Garben geschnitten zu werden. Wenn sie spricht, richtet sie ihre Worte in hastigen Sätzen an meinen Bruder, an meinen Gatten. Zu mir spricht sie nicht, weil wir einander nicht verstehen.

Zweimal hat sie gelächelt, ein rasches, leuchtendes Lächeln, das aus ihren Augen springt, gleich einem silberig funkelnden Sonnenfleck auf einem düsteren Fluß. Wenn sie lächelt, verstehe ich sie. Sie sagt: Werden wir Freundinnen sein? Wir blicken einander zweifelnd an.

Dann antworte ich stumm: Wenn du meinen Sohn siehst, werde ich wissen, ob wir Freundinnen sein können oder nicht!

Ich kleidete meinen Sohn in seinen roten Seidenrock und seine grüne Hose. Ich zog ihm die Schuhe mit den gestickten Kirschblüten an die Füße. Auf den Kopf setzte ich ihm den runden, krempellosen Hut, mit dem Kreise der winzigen Goldbuddhas ringsherum, und um den Hals legte ich ihm ein silbernes Kettchen.

Als er so herausgeputzt war, sah er aus wie ein Fürstenkind, und ich brachte ihn ihr. Er stand vor ihr auf weit gespreizten Beinchen und starrte sie erstaunt an. Ich hieß ihn sich verbeugen; er legte die Händchen aneinander und verneigte sich, strauchelnd vor Anstrengung.

Sie sah ihn lächelnd an. Als er sich verneigte, lachte sie laut auf, ein tiefes Lachen, gleich dem Anschlagen einer schweren Glocke. Und dann rief sie ein weiches, unverständliches Wort, nahm meinen Sohn und zog ihn an sich und drückte ihm die Lippen auf den weichen Hals. Sein Hut fiel herunter, und über seinem rasierten Kopf sah sie mich an. Welch ein Blick, meine Schwester! Ihre Augen sagten:

Ich wünsche mir genau einen solchen.

Ich lächelte und sagte damit:

Dann werden wir Freundinnen sein.

Ich glaube, ich kann verstehen, warum mein Bruder sie liebt.

Nun ist seit ihrer Ankunft der fünfte Tag vergangen. Vor meinem Vater und meiner Mutter haben sie sich noch nicht gezeigt. Mein Gatte und mein Bruder sprechen stundenlang erregt in der fremden Sprache, und ich weiß nicht, was sie beschlossen haben. Was immer es ist, es muß langsam getan werden. Einstweilen beobachte ich die Fremde.

Wenn du mich fragst, meine Schwester, was ich von ihr halte - ich weiß es nicht. Gewiß ist sie nicht so wie unsere Frauen. Jede Bewegung ihres Körpers ist frei und zwanglos und erfüllt von einer hastigen Anmut. Ihr Blick ist offen und furchtlos. Ihre Augen suchen ohne Scheu die meines Bruders. Sie hört die Reden der Männer und wirft manchmal ein rasches Wort ein, und sie lachen. Sie ist an Männer gewöhnt, wie die Vierte Dame es war.

Und doch ist ein Unterschied zwischen ihnen. Die Vierte Dame schien in Gegenwart der Männer trotz der Selbstsicherheit, die die Schönheit ihr verlieh, dennoch Furcht zu haben. Wohl deshalb, weil sie - sogar in der Blüte ihrer Lieblichkeit - vor dem Augenblick Angst hatte, da ihre Schönheit verwelken und nichts mehr bleiben würde, die Herzen der Männer anzulocken.

Diese fremde Frau hat keine Furcht, obwohl sie nicht so schön ist wie die Vierte Dame. Sie ist sorglos und nimmt das Interesse der Männer entgegen, als hätte sie ein Recht darauf. Sie bemüht sich nicht um Blicke der Bewunderung. Es ist, als ob sie sagte: »Das bin ich. Ich bin so, wie ihr mich seht. Ich lege keinen Wert darauf, anders zu sein.«

Ich halte sie für sehr stolz. Wenigstens scheint sie merkwürdig gleichgültig gegen die Schwierigkeiten, in die sie unsere Familie gebracht hat. Sie spielt müßig mit meinem Sohne, sie liest Bücher – sie hat viele Kisten mit Büchern mitgebracht –, sie schreibt Briefe. Was für Briefe! Ich habe ihr über die Schulter geblickt, und die Seite war bedeckt mit großen gekritzelten Zeichen, die aneinandergehakt waren. Ich konnte aus keinem einzigen dieser Zeichen klug werden. Doch am liebsten hat sie es, träumend im Garten zu sitzen und überhaupt nichts zu tun. Ich habe sie kein einziges Mal sticken gesehen.

Eines Tages gingen sie und mein Bruder früh am Morgen aus und kehrten mittags zurück, staubig und von Erde beschmutzt. Ich fragte in großer Überraschung meinen Gatten, wo sie denn gewesen seien, daß sie in einem solchen Zustande zurückkämen. Er erwiderte:

»Sie haben das gemacht, was die Westländer einen Ausflug nennen.«

»Was ist das, ein Ausflug?« fragte ich sehr neugierig. Er antwortete:

»Das ist ein langer und schneller Marsch nach einem entfernten Orte. Heute waren sie auf dem Purpurberg.«

»Ja warum?« fragte ich sehr überrascht.

»Sie halten das für ein Vergnügen«, entgegnete er.

Das ist sehr seltsam. Hier würde es sogar eine Bäuerin beschwerlich finden, so weit gehen zu müssen. Als ich das meinem Bruder sagte, erklärte er:

Sie gleicht der Blüte des wilden Orangenbaumes, hell und strahlend, aber ohne Duft.

Sie sind endlich übereingekommen, was sie tun werden. Sie wird ein chinesisches Gewand anlegen, und gemeinsam wollen sie sich den erhabenen Alten nähern. Mein Bruder hat ihr die schickliche Art der Verbeugung vor Höheren gezeigt. Ich soll vorher hingehen, um den Weg zu bereiten und die Geschenke zu überbringen.

Ich kann nachts nicht schlafen, so sehr muß ich an diese Stunde denken. Meine Lippen sind trocken, und wenn ich sie befeuchten will, ist auch die Zunge in meinem Munde trocken. Mein Gatte versucht mich durch Lachen und muntere Worte zu ermutigen, doch sobald er wieder von mir geht, habe ich Angst. Ich ergreife offen Partei gegen meine Mutter, ich, die ich mich mein ganzes Leben gegen ihren Willen nicht aufgelehnt habe.

Woher kommt der Mut in meine Brust, so etwas zu tun? Ich war immer ein schüchternes Geschöpf, und wenn ich mir selbst überlassen war, konnte ich darin nur Böses sehen. Ich weiß schon jetzt genau, wie meine Mutter sich zu dieser Sache stellt. Wäre ich allein, ich würde sagen, sie hat recht und handelt nach dem Brauch unseres Volkes.

Es ist mein Gatte, der mich gewandelt hat, so daß ich trotz meiner Angst wage, selbst gegen meine Vorfahren Fürsprecherin der Liebe zu sein. Aber ich zittere.

Sie, die Fremde, ist die einzige unter uns, die ruhig bleibt.

15

Heute bin ich müde und erschöpft, meine Schwester. Es ist, als ob in meinem Herzen eine Harfensaite durch viele Tage zu straff gespannt gewesen und dann plötzlich gelockert worden wäre, so daß die Musik in ihr erstorben ist.

Die Stunde, die ich gefürchtet habe, ist vorbei. Nein, ich sage noch nicht, was ihr Ergebnis war. Ich will dir die ganze Geschichte erzählen, und dann magst du selbst urteilen. Und ich - aber ich will dir das Ende nicht vor dem Anfang berichten.

Wir sandten an unsere Eltern einen Boten mit unserer Bitte, uns am nächsten Tage zu Mittag vorstellen zu dürfen. Er kam zurück und sagte, unser Vater sei nach Tientsin abgereist, sobald er von der Ankunft meines Bruders gehört habe. So ist er dem schwierigen Augenblick ausgewichen - so ging er immer im Leben schwierigen Entscheidungen aus dem Wege. An seiner Stelle nannte unsere Mutter den Mittag als die Stunde, in der sie meinen Bruder und mich empfangen werde. Der Fremden wurde keine Erwähnung getan, aber mein Bruder rief: »Wenn ich hingehe, wird auch meine Frau gehen.«

Daher machte ich mich am nächsten Tag zur bestimmten Stunde als erste auf den Weg, und ein Diener trug mir die Gaben voran. Mein Bruder hatte diese Geschenke in fremden Ländern ausgewählt, und es waren lauter sonderbare und hübsche Dinge, die man nicht oft in unserer Stadt sieht - eine winzige Golduhr im Bauch eines vergoldeten Kindes, das Ganze nicht höher als sechs Zoll - eine mit Edelsteinen schön geschmückte Uhr, die man am Handgelenk tragen kann, eine Maschine, die sprechen und schreien konnte, wenn man sie an einem Griff aufzog; ein Licht, das sich ohne Feuer erneuerte, so lange es auch schon gebrannt haben mochte, und ein Fächer aus Straußenfedern, weiß wie eine Wolke von Birnblüten.

Ich trat mit diesen Gaben vor meine Mutter. Sie hatte uns sagen lassen, sie werde uns in der Gästehalle empfangen, und dort saß sie, als ich eintrat, auf dem schweren dunklen Sessel aus geschnitztem Ebenholz, rechts vom Tisch unter dem Gemälde des Ming-Kaisers. Sie trug schwarzen Atlasbrokat und in ihrem Haar goldenen Schmuck. An den Händen hatte sie viele Goldringe mit Rubinen und Topasen, Steinen, die sich für die Würde ihres Alters schicken. Sie stützte sich auf ihren silberbeschlagenen Ebenholzstab. Nie habe ich meine Mutter erhabener gesehen. Aber ich kannte sie gut und musterte genau ihr Gesicht, um zu wissen, wie es um ihre Gesundheit in Wirklichkeit stand. Und mein Herz ermattete vor Furcht. Das Schwarz der Kleidung hob die durchscheinende Dünne des Gesichtes nur noch hervor. So schmal war sie geworden, daß ihr Mund beinahe schon die starre Linie des Todes zeigte, und ihre Augen hatten sich geweitet, so daß sie den siechen, eingefallenen Augen eines unheilbar Kranken glichen. An ihren Fingern hingen die Ringe locker und klirrten in einer unbestimmten Musik aneinander, wenn sie die Hände bewegte. Ich wünschte gar sehr, sie zu fragen, wie es ihr eigentlich gehe, aber ich wagte es nicht, da ich wußte, es würde sie verdrießen. Sie hatte sich für diese Unterredung gesammelt und brauchte ihre Kräfte.

Als sie mich ohne Worte empfing, reichte ich ihr also die Gaben, indem ich diese einzeln aus der Hand des Dieners nahm und vor sie hinlegte. Sie empfing sie mit ernstem Kopfneigen. Ohne sie anzusehen, wies sie durch einen Wink die in der Nähe wartenden Mägde an, die Sachen in einen anderen Raum zu bringen. Daß sie aber die Geschenke überhaupt genommen hatte, ermutigte mich ein wenig. Hätte sie sie abgelehnt, hätte dies in der Sprache der Geschenke bedeutet, daß sie die Bitte meines Bruders von vornherein abschlug.

Ich sagte daher:

»Meine erhabene Mutter, dein Sohn ist hier und wartet auf deine Befehle.«

»Es ist mir gesagt worden«, erwiderte sie kalt.

»Er hat die Fremde mitgebracht«, wagte ich schüchtern zu bemerken, da ich es für das beste hielt, das Schlimmste sogleich auszusprechen, und dennoch wurde mir bange.

Sie blieb stumm. Ich konnte ihre Miene nicht verstehen. Ihr Gesicht war starr.

»Dürfen sie sich nähern?« fragte ich verzweifelt, da ich nichts anderes zu sagen wußte, als das, was wir verabredet hatten.

»Er mag kommen«, erwiderte sie im gleichen Tonfall wie früher.

Ich zögerte, da mir nicht klar war, wie ich mich verhalten sollte. Stand denn nicht die Fremde hier an Ort und Stelle vor der Tür? Ich ging zu der Schwelle, hinter der sie wartete, schob den Vorhang zur Seite und erklärte meinem Bruder, was meine Mutter gesagt hatte, und daß es besser wäre, wenn er zuerst allein einträte.

Sein Gesicht verfinsterte sich und nahm den alten Ausdruck an, dessen ich mich aus unserer Kindheit erinnere, und den er immer zeigte, wenn ihm etwas nicht behagte. Er besprach sich einen Augenblick mit seiner Frau in ihrer Sprache. Sie zog bei seinen Worten die Brauen hoch, zuckte sehr leichthin die Achseln und blieb ruhig und gleichgültig wartend stehen. Da ergriff mein Bruder rasch ihre Hand, und ehe ich ihnen Einhalt gebieten konnte, waren sie schon in der Halle.

Welch seltsame Gestalt! Sie, die Fremde, in der großen Halle unserer Ahnen! Ich stand an den Vorhang geklammert, halb und halb hingerissen von dem Anblick. Der erste fremde Mensch aus fremdem Blut, der diese Schwelle überschritten hatte! Mein Staunen bei diesem Gedanken hielt meine Blicke an sie gefesselt, so daß ich eine Sekunde lang meiner Mutter vergaß. Obwohl ich mir unbewußt darüber klar war, daß der Entschluß meines Bruders, nicht allein einzutreten, die Zuneigung meiner Mutter für ihn und das natürliche

Verlangen, ihn wiederzusehen, augenblicklich getötet haben mußte, konnte ich doch das Auge von diesem Bild nicht wenden, das ich staunend in mich aufnahm.

Mein Bruder hatte für die Fremde chinesische Kleidung gewählt: eine Jacke aus stumpfblauer Seide, sehr schwer und weich und mit Silber zart bestickt. Ihr Rock aus schwarzem Atlas war ganz einfach, nur hing er in kunstvoll geraden Falten herab und an den Füßen trug sie schwarze Samtschuhe ohne Stickerei. Neben diesen dunklen Farben schien ihre Haut weiß – weiß wie Perlen im Mondschein, und ihr Haar brannte um ihr Gesicht gleich gelben Flammen. Der Ausdruck ihrer Augen gemahnte an einen stürmischen, gewitterschweren Himmel, und ihre Lippen waren in stolzer Ruhe herabgezogen. Sie trat aufrecht und anmaßend ein, hoch erhobenen Hauptes. Ihr Blick traf den meiner Mutter ohne Furcht oder Lächeln. Als ich das sah, preßte ich mir die Hände auf den Mund, um einen Schrei zu unterdrücken. Warum hatte ihr mein Bruder nicht gesagt, daß sie gesenkten Blickes vor das Angesicht eines Höheren zu treten hatte? Um seinetwillen bedauerte ich ihr hochmütiges Verhalten aus ganzer Seele. Sie trat ein, wie eine regierende Herrscherin sich vor dem Antlitz der Kaiserinwitwe zeigen mag.

Meine Mutter richtete die Augen starr auf die Fremde; die Blicke der beiden trafen zusammen und erklärten unverzüglich einander Feindschaft. Dann wandte sich meine Mutter hochmütig ab und sah ins Weite durch die offene Tür hinaus.

Die Fremde richtete an meinen Bruder mit ruhiger Stimme eine Frage. Später erfuhr ich, was das war.

»Soll ich jetzt niederknien?«

Er nickte; beide sanken vor unserer Mutter auf die Knie, und mein Bruder begann mit der Rede, die er vorbereitet hatte.

»Sehr Alte und Erhabene, ich bin auf deinen Befehl

aus fremden Ländern zurückgekehrt, vor das gütige Angesicht meiner Eltern, ich, deren unwürdiger Sohn. Ich freue mich, daß unsere Mutter sich herabgelassen hat, unsere unnützen Geschenke anzunehmen. Ich sage ›unsere‹, denn ich habe meine Frau mitgebracht, von der ich euch durch die Hand meines Freundes in einem Brief Nachricht geben ließ. Sie kommt als Schwiegertochter meiner Mutter. Obwohl fremdes Blut in ihren Adern fließt, läßt sie durch mich unserer erhabenen Mutter sagen, ihr Herz sei, da sie mit mir vermählt ist, chinesisch geworden. Sie nehme aus freien Stücken Rasse und Bräuche unserer Familie auf sich. Mehr noch, sie sagt ihren eigenen ab. Ihre Söhne werden ganz und gar unserer himmlischen Nation angehören, als Bürger der strahlenden Republik und Erben des Reiches der Mitte. Sie bringt dir ihre Ehrerbietung dar.«

Er wandte sich zu der Fremden, die bei seinen Worten ruhig gewartet hatte, und gab ihr ein Zeichen. Mit großer Würde verbeugte sie sich, bis ihre Stirn den Boden zu Füßen meiner Mutter berührte. Dreimal verbeugte sie sich und dann verbeugten sie und mein Bruder sich noch dreimal gemeinsam. Dann standen sie auf und warteten auf die Worte meiner Mutter.

Lange Zeit sagte sie nichts. Ihre Blicke waren noch immer starr auf jenen freien Raum im Hofe hinter der Tür gerichtet. Minutenlang verharrte sie so, schweigend, hochmütig, erhobenen Hauptes.

Ich glaube, sie war insgeheim verwirrt durch die Kühnheit meines Bruders, daß er ihr ungehorsam war und trotz dem ausdrücklichen Befehl, allein zu kommen, die Fremde mitgebracht hatte. Ich glaube, sie schwieg, weil sie darüber nachdachte, wie sie diesem schwierigen Augenblick begegnen sollte. Rote Flecken breiteten sich über ihre Wangen, und ich sah auf ihrem hageren Kinn einen Muskel beben. Doch ihrer erhabenen Erscheinung war kein Zeichen von Verwirrung anzumerken.

So saß sie und hatte beide Hände auf den silbernen Griff ihres Stabes gestützt. Ihr Auge zuckte nicht, während sie über die Köpfe der beiden hinwegstarrte. Sie standen wartend vor ihr.

Das Schweigen in der Halle wurde immer drückender angesichts dieses Wartens.

Dann zerbrach plötzlich die Strenge auf dem Gesicht meiner Mutter. Ihr Ausdruck änderte sich. Die Farbe wich ebenso rasch, wie sie gekommen war, und die Wangen wurden aschgrau. Die eine Hand fiel ihr schlaff in den Schoß, und ihr Blick senkte sich unsicher zum Boden. Sie ließ die Schultern hängen und schauerte jäh zusammen. Sie sagte hastig und erschöpft:

»Mein Sohn – mein Sohn – du bist immer willkommen in deinem Heim – später werde ich sprechen – jetzt sollst du gehen.«

Da hob mein Bruder den Blick zu ihr und sah sie forschend an. Er hat kein so scharfes Auge wie ich, aber selbst er wußte, daß Unheil drohte. Er zögerte, dann schaute er zu mir hin. Ich sah, daß er weiter sprechen und ihr ihrer Kälte wegen Vorwürfe machen wollte. Aber ich hatte Angst um sie. Ich schüttelte den Kopf, da sagte er der Ausländerin ein Wort, und sie zogen sich unter Verbeugungen zurück.

Nun eilte ich an die Seite meiner Mutter, sie aber wies mich schweigend fort. Es verlangte mich, ihre Verzeihung zu erflehen, aber sie ließ mich nicht sprechen. Ich konnte sehen, daß sie von einem geheimen Schmerz heftig gepeinigt wurde. Sie erlaubte mir nicht, zu bleiben. Darum verneigte ich mich und wandte mich stumm und zaudernd ab. Doch aus dem Hofe blickte ich zurück und sah, wie sie, schwer auf zwei Sklavinnen gestützt, langsam wieder in ihre Gemächer schritt.

Seufzend kehrte ich nach Hause zurück. Ich kann mir die Zukunft nicht vorstellen, mag ich noch so sehr nachgrübeln.

Die beiden aber, mein Bruder und die Fremde, die beiden, die das Herz meiner Mutter brechen, verbrachten den Rest des Tages auf einer ihrer langen Wanderungen. Als die Nacht kam, kehrten sie zurück, und wir sprachen nicht miteinander.

16

Lange warst du fort, meine Schwester! Dreißig Tage? Das sind fast vierzig, seit ich dich sah - ein voller Mond und mehr noch! Ist deine Reise friedlich gewesen? Ich danke den Göttern, daß du zurückgekehrt bist!

Ja, mein Sohn ist gesund. Er kann jetzt schon alles sagen, und der Klang seiner Worte läuft ständig durch den Tag, gleich dem Plätschern eines Baches. Nur wenn er schläft, ist er still. Und welch süße Worte er spricht, meine Schwester! Sie sind verdreht und verstümmelt und sie bringen uns zum Lachen, nur dürfen wir vor ihm nicht einmal lächeln, denn sobald er bemerkt, daß wir über ihn lachen, wird er zornig und stampft mit den kleinen Füßchen auf. Er hält sich schon für einen richtigen Mann. Du solltest sehen, wie er neben seinem Vater einhergeht und die feisten Beinchen streckt, um den raschen Schritten seines Vaters nachzukommen.

Du fragst? Ach - nach ihr - der Gattin meines Bruders. Und meine Antwort ist ein Seufzer. Es steht nicht gut um meinen Bruder. Ja, sie sind noch hier, noch immer warten sie. Nichts ist entschieden. Mein Bruder findet keine Ruhe in diesem müßigen Dahinleben der Tage, das keine Lösung bringt. Er hat die Ungeduld des Westens erlernt und will, daß jeder Wunsch sich sogleich verwirkliche. Er hat vergessen, daß in unserem Lande die Zeit nichts bedeutet und daß Schicksale unentschieden bleiben können, selbst wenn der Tod schon da ist. Hier gibt es keine Hast, die die Zeit beschleunigen könnte. – Aber ich werde dir alles erzählen. Nach der Vorstellung bei meiner Mutter verging eine Reihe von Tagen, acht lange Tage. Wir harrten, aber es kam keine Nachricht. Zuerst erwartete mein Bruder stündlich irgendeine Botschaft. Er wollte der Fremden nicht erlauben, die großen Kisten auszupacken, die sie mitgebracht hatten, und er rief: »Das lohnt nicht die Mühe. Es dauert höchstens noch einen oder zwei Tage.«

Er war fahrig in seinem Betragen, lachte laut und rasch und ohne Anlaß, war bald fröhlich, bald unversehens still und hörte nichts von dem, was man ihm sagte. Er glich einem, der ununterbrochen einer Stimme oder einem Geräusche lauscht, das die anderen im Zimmer nicht vernehmen.

Doch als die Tage verstrichen und keine Botschaft für die beiden brachten, wurde mein Bruder zornig und reizbar und hörte auf, über alles zu lachen. Er dachte jetzt oft an jene Stunde der Vorstellung bei seiner Mutter und erlebte das alles noch einmal; immer wieder und wieder sprach er davon; bald machte er der Ausländerin Vorwürfe, daß sie vor seiner Mutter nicht demütiger gewesen sei, bald tadelte er seine Mutter wegen ihres Hochmutes und erklärte, seine Frau habe recht und es sei albern, sich in den heutigen Tagen der Republik vor irgendwem zu verbeugen. Doch als ich das hörte, konnte ich nur staunen und sagen:

»Ja, ist denn unsere Mutter nicht mehr unsere Mutter, seit wir eine Republik haben?«

Er war ungeduldig und über alles erzürnt und achtete auf nichts, was man ihm sagte.

Doch ich muß gegen die Fremde gerecht sein. Sie hat es eigentlich nicht abgelehnt, sich vor meiner Mutter zu beugen. Sie soll bloß gesagt haben:

»Wenn das eure Sitte ist, werde ich es natürlich tun, obwohl ich es vielleicht für ein wenig albern halte, sich vor irgendwem so zu verbeugen.«

Sie war ruhiger, viel ruhiger als mein Bruder. Und sie sah zuversichtlicher den kommenden Ereignissen entgegen. Sie dachte immer nur an ihn und daran, wie sie ihn wieder glücklich machen könnte. Manchmal, wenn sie ihn zornig sah, lockte sie ihn in den Garten hinaus oder vors Tor.

Einmal blickte ich ihnen durchs Fenster nach, und ich sah sie im Garten. Sie sprach ernst zu ihm, und da er ihr nicht antwortete, sondern fortfuhr, mürrisch zu Boden zu starren, strich sie ihm mit der Hand sanft über die Wange und blickte ihn halb lächelnd, halb traurig an. Ich weiß nicht, was sie zu ihm sagte, als sie so allein waren, doch nachher fühlte sich mein Bruder eine kleine Weile besser und ruhiger, obwohl die Spannung, in der er wartete, nie nachließ.

Aber nicht immer schmeichelte sie ihm so. Manchmal zuckte sie flüchtig die Achseln, wie es ihre Art war, und ließ ihn allein. Nur ihre Blicke folgten ihm mit dem tiefen Ausdruck, den sie immer zeigen, wenn sie ihn ansieht. Wenn er dann nicht zu ihr kam, zog sie sich zurück und verbrachte ihre Zeit damit, unsere Sprache zu lernen oder mit meinem Sohne zu spielen, den sie liebt und zu dem sie in Worten spricht, die ich nicht verstehen kann.

Sie hat sogar begonnen, bei mir das Spiel auf der alten Harfe zu lernen, und bald wußte sie genug, um sich zu ihren Liedern zu begleiten. Wenn sie singt, klingt es voll und rührend in der Tiefe, obwohl es unseren Ohren, die an die zarten hohen Töne der menschlichen Stimme gewöhnt sind, zwar nicht unangenehm, aber doch rauh erscheint. Sie kann mit ihrem Gesang die Leidenschaft meines Bruders jählings entfachen. Ich verstehe ihre Lieder nicht, doch wenn ich sie höre, fühle ich einen dunklen, undeutlichen Schmerz.

Als schließlich noch immer keine Botschaft von meiner Mutter kam, schien die Fremde nicht mehr an die

Sache zu denken, und sie wandte sich anderen Dingen zu. Täglich machte sie allein oder mit meinem Bruder lange Spaziergänge. Ich wunderte mich darüber, daß mein Bruder ihr erlaubte, allein auszugehen, denn das ist gewiß nicht schicklich für eine Frau. Aber er sagte nichts, und sie kam zurück und wußte gar viel von den Straßen zu erzählen. Sie war über Dinge verwundert, die ein anderer gar nicht bemerkt, und fand Schönheit an ganz seltsamen Orten. Ich entsinne mich, daß sie eines Tages heimkam und ihr lebhaftes Lächeln zur Schau trug, als wäre sie insgeheim über etwas belustigt, woran die anderen nicht teilhätten. Mein Bruder fragte sie danach, und sie sagte es ihm in ihrer Sprache, und er sagte es nachher uns –

»Ich habe die Schönheit der Erde gesehen, die Frucht getragen hat. Vor dem Gemüseladen in der Hauptstraße sieht man in kleinen braunen Körben die prächtigsten Farben – gelben Mais, rote Bohnen, graue getrocknete Erbsen, elfenbeinfarbenen Sesam, blasse, honigfarbene Sojabohnen, rötlichen Weizen, grüne Bohnen, ich kann daran nicht so rasch vorübergehen. Was für ein Aquarell ich machen könnte, wollte ich das malen.«

Ich konnte ganz und gar nicht verstehen, was sie damit meinte. Aber es ist eben ihre Art, daß sie verschlossen ihr eigenes Leben lebt und Schönheit dort sieht, wo andere nichts bemerken können. Ich hatte noch nie an einen Gemüseladen derart gedacht. Gewiß sind diese Früchte verschiedenfarbig, aber das ist von Natur so. Niemand hat ihnen die verschiedenen Farben gegeben. Da ist nichts zum Staunen – es war von jeher das gleiche. Für uns bedeutet ein Gemüseladen bloß einen Ort, wo man Lebensmittel kauft.

Sie aber sieht alles mit sonderbaren Blicken, obwohl sie selten Bemerkungen macht. Meist stellt sie nur Fragen und ordnet unsere Antworten in ihre Gedanken ein.

Da ich Tag für Tag mit ihr lebe, bin ich so weit

gekommen, daß sie mir besser gefällt, und wenn ich sie beobachte, gibt es Zeiten, da ich in ihrem seltsamen Aussehen und Gehaben sogar eine gewisse Schönheit finde. Sicherlich hat sie eine Art heftigen Stolzes. Sie ist völlig unverblümt und ohne Scheu in ihrem Betragen. Selbst gegen meinen Bruder, ihren Gatten, ist sie nie demütig. Und am seltsamsten erscheint mir, daß er, der das bei einer Chinesin gewiß nicht dulden würde, bei ihr Freude daran zu haben scheint, eine Freude, die den Stachel eines Schmerzes in sich trägt, so daß er immer mehr in Liebe zu ihr entbrennt.

Wenn er sie durch ihre Studien oder durch ihre Lektüre oder sogar durch meinen Sohn allzulange abgelenkt sieht, wird er unruhig, und er blickt sie von Zeit zu Zeit an und spricht zu ihr, und wenn sie schließlich noch immer nicht auf ihn achtet, läßt er von seinem Grübeln, um zu ihr zu gehen, und sie besitzt ihn von neuem. Ich habe noch nichts Derartiges gesehen, nichts, was der Liebe dieser beiden geglichen hätte!

Doch da kam endlich ein Tag - ich glaube, es war der zweiundzwanzigste nach der Vorstellung -, da meine Mutter meinen Bruder holen ließ, mit dem deutlich ausgesprochenen Wunsch, er möge allein kommen. Der Brief war freundlich, ja sogar zärtlich abgefaßt, und wir alle waren daher hoffnungsfroh. Mein Bruder folgte unverzüglich dem Rufe, und ich wartete mit der Fremden auf seine Rückkehr.

Nach einer Stunde war er wieder da. Er schritt durchs Haustor und trat in das Zimmer, in dem wir saßen. Er war zornig, und sein Gesicht sah düster aus, und immer wieder sagte er, er werde sich für allezeit von seinen Eltern trennen. Zuerst konnten wir aus seinen Reden nicht klug werden, doch später reihten wir die einzelnen Bruchstücke seiner Erzählung aneinander und erfuhren einen Teil dessen, was geschehen war.

Es scheint, daß er voll von Zärtlichkeit und mit dem aufrichtigsten Wunsch nach Versöhnung vor seine Mutter getreten ist. Doch er sagt, sie sei von Anfang an zu keinem Zugeständnis bereit gewesen. Sie begann damit, daß sie ihren schlechten Gesundheitszustand betonte.

»Es wird nicht mehr lange dauern, dann werden mich die Götter in einen anderen Kreis des Daseins versetzen«, sagte sie, und er war gerührt.

»Sag das nicht, meine Mutter!« bat er sie. »Du hast noch ein Leben vor dir in deinen Enkelkindern.«

Doch gleich darauf bereute er, daß er ihr diesen Gedanken nahegelegt hatte.

»Enkelkinder?« wiederholte sie ruhig. »Ach, mein Sohn, woher sollten mir noch Enkelkinder werden, wenn nicht aus deinen Lenden? Und die Tochter Lis, meine Schwiegertochter, wartet noch immer und ist Jungfrau!«

Dann sprach sie ohne weitere höfliche Umschweife ganz offen und drängte ihn, seine Verlobte zu heiraten und ihr, seiner Mutter, einen Enkel zu schenken, ehe sie stürbe. Da sagte er, er sei schon vermählt. Doch sie erwiderte zornig, nie und nimmer werde sie die Fremde als seine Gattin anerkennen.

Das haben wir aus seinen Erzählungen zusammengestellt. Ich weiß nicht, was sonst noch zwischen ihm und meiner Mutter vorgefallen ist.

Doch Wang Da Ma, die treue Dienerin, sagt, sie habe hinter dem Vorhang gelauscht und habe gehört, daß ununterbrochen hitzige Reden gewechselt wurden, unziemliche Reden zwischen Mutter und Sohn. Es sei wie rascher Donner gewesen, der über den Himmel rollt. Sie erzählt, mein Bruder habe wirklich viel Geduld gezeigt, bis meine Mutter drohte, ihn aus der Familie zu stoßen und zu enterben. Da habe er bitter gesagt:

»Werden dir denn die Götter einen neuen Sohn schenken, daß du diesen verwerfen kannst? Werden sie deinen

Schoß im hohen Alter wieder fruchtbar machen? Oder willst du dich so weit herablassen, das Kind einer Konkubine als deinen Sohn anzunehmen?«

Fürwahr unziemliche Worte für einen Sohn!

Dann stürmte er durch die Tür und durch die Höfe und fluchte seinen Ahnen. Tiefe Stille herrschte in dem Gemach meiner Mutter, aber da hörte Wang Da Ma ein Stöhnen. Das war meine Mutter. Wang Da Ma trat in großer Hast ein. Doch meine Mutter verstummte sogleich, biß sich auf die Lippen und befahl der Dienerin bloß mit matter Stimme, ihr beim Zubettegehen zu helfen.

Es ist eine Schmach, daß mein Bruder zu seiner Mutter so gesprochen hat! Ich entschuldige ihn in keiner Weise. Er hätte sich ihres Alters und ihrer Stellung erinnern sollen. Er denkt nur an sich.

Oh, manchmal hasse ich die Fremde, weil sie in der hohlen Hand das Herz meines Bruders rettungslos festhält! Es verlangte mich, sogleich zu meiner Mutter zu gehen, aber mein Bruder bat mich, zu warten, bis sie mich riefe. Auch mein Gatte befahl mir, zu warten, denn wenn ich jetzt ginge, sähe es aus, als stellte ich mich gegen meinen Bruder, und das wäre unschicklich, da er unseren Reis ißt. Ich hatte daher keinen Ausweg, es sei denn Geduld - und die ist ärmliche Nahrung für ein ängstliches Herz, meine Schwester.

So stehen die Dinge bei uns!

Ich freute mich gestern, als Frau Liu zu Besuch kam. Wir hatten einen bedrückenden Tag hinter uns, da wir an den Vortag dachten, an den Groll meiner Mutter gegen meinen Bruder und an beider Zusammentreffen, dessen einzige Frucht Enttäuschung gewesen war. Mein Bruder trieb sich in den Zimmern umher, sprach kaum ein Wort und starrte die ganze Zeit zum Fenster hinaus. Wenn er nach einem Buche griff, um zu lesen, warf er es bald wieder hin und wählte ein anderes, das er aber ebenso bald wieder weglegte.

Die Fremde beobachtete ihn eine Weile und zog sich dann in ihre Gedanken zurück und zu einem kleinen Buch, das sie mitgebracht hatte. Ich beschäftigte mich mit meinem Sohn, um mich nicht mit den beiden beschäftigen zu müssen. So schwer lag aber die Enttäuschung auf dem ganzen Haus, daß selbst die gute Laune meines Gatten, der mittags zu seinem Reis heimkam, kaum vermochte, die düstere Stimmung meines Bruders aufzuheitern oder das Schweigen der Fremden zu durchbrechen. Als nun am Nachmittag Frau Liu kam, war mir, als wehte ein kühler frischer Wind durch die drückende stumme Hitze eines Sommertages.

Die Gattin meines Bruders saß mit dem Buch in der Hand da, und sie hielt es nachlässig, als ob sie beim Lesen halb träumte. Wir hatten seit der Ankunft meines Bruders keinen Besuch gehabt. Unsere Freunde hatten von unserer schwierigen Lage erfahren und waren aus Zartgefühl nicht gekommen, und wir luden niemanden ein, da wir nicht wußten, wie wir die Fremde vorstellen sollten. Ich nenne sie die Gattin meines Bruders, aus Höflichkeit gegen ihn, und doch hat sie gesetzlich überhaupt keine Stellung, ehe mein Vater und meine Mutter sie anerkennen.

Frau Liu aber war ganz und gar nicht verlegen. Sie ergriff die Hand der Fremden, und bald darauf sprachen die beiden angeregt und lachten sogar. Ich weiß nicht, was sie sagten, denn sie sprachen englisch, aber die Fremde schien plötzlich aufgewacht zu sein, und ich beobachtete sie, überrascht von dieser Veränderung. Sie hat diese zwei Naturen in sich; die eine ist still, verschlossen, sogar ein wenig düster, und in der anderen liegt diese Heiterkeit, die aber dennoch ein wenig zu ungestüm scheint, um Freude zu sein. Ich sah ihnen zu und mißbilligte eine kleine Weile Frau Lius Verhalten, weil sie sich offenbar um die Schwierigkeit unserer Lage nicht kümmerte. Doch als sie sich erhob, um zu gehen, drückte sie mir die Hand und sagte in unserer Sprache:

»Verzeih. Es ist schwer für alle.«

Sie blickte um sich und sagte etwas zu der anderen, etwas, das die dunkelblauen Augen in plötzlichen Tränen silbern erglänzen ließ. Wir standen da und blickten einander an, wir drei, und jede zögerte zu sprechen. Doch da wandte sich die Ausländerin plötzlich und verließ schnell das Zimmer. Frau Liu beobachtete dies, und ihr Gesicht zeigte stilles Mitleid.

»Es ist sehr schwer für alle«, wiederholte sie. »Sind die beiden glücklich?«

Da sie offen sprach wie mein Gatte, antwortete ich ohne Umschweife:

»Mein Bruder und diese hier lieben einander. Meine Mutter aber stirbt an der Enttäuschung. Du weißt, wie zart sie sogar in ihren besten Zeiten ist, seit sie alt wird.«

Sie seufzte und schüttelte den Kopf.

»Ich weiß – ach ja, ich sehe das jetzt oft. Es sind erbarmungslose Tage für die Alten. Kein Ausgleich ist möglich zwischen alt und jung. Sie sind so scharf getrennt, als ob ein neues Messer einen Zweig vom Baum geschnitten hätte.«

»Das ist sehr unrecht«, sagte ich mit leiser Stimme.

»Nicht unrecht«, erwiderte sie. »Nur unvermeidlich. Und das ist das Traurigste, was es auf Erden gibt.«

Während wir so, hilflos, auf ein Zeichen warteten, das uns gelehrt hätte, was wir tun sollten, konnte ich meine Mutter nicht vergessen. Ich dachte über Frau Lius Worte nach, daß dies kummervolle Tage seien für die Alten, und um mich zu beruhigen, sagte ich:

»Ich will meinen Sohn zu den Eltern seines Vaters auf Besuch mitnehmen. Auch sie sind alt und haben Sehnsucht nach ihm.«

Mein Herz wurde weich gegen alle jene, die alt waren. Ich kleidete meinen Sohn in den langen Atlasrock, der dem seines Vaters ähnelt. An seinem ersten Geburtstag hatten wir ihm einen Hut gekauft, gleich dem meines Mannes, einen Hut aus schwarzem Filz, der einen roten Knopf an der Spitze trug und ihm gut paßte.

Diesen Hut setzte ich ihm auf. Ich fuhr dem Knaben mit einem in Rot getauchten Pinsel leicht über Kinn, Wangen und Stirn. Als er fertig war, war er so schön, daß ich Angst hatte, die Götter könnten meinen, er sei zu lieblich für ein Menschenwesen, und könnten sich bewegen lassen, ihn zu verderben.

Dasselbe dachte beim Anblick des Kindes auch seine Großmutter. Sie nahm meinen Sohn auf die Arme, und ihre runden Wangen zitterten vor Freude und Lachen. Sie schnupperte an seinem duftenden Fleisch und sagte immer wieder in einer Art Verzückung:

»Ah, mein Kleiner! – Ah, Sohn meines Sohnes!«

Ich war gerührt von ihrer Freude und tadelte mich, daß ich ihn nicht öfter zu ihr brachte.

Daß wir ihn für uns behalten hatten, konnte ich nicht bedauern; das gehörte zu jenem Unvermeidlichen, von dem Frau Liu gesprochen. Doch tat mir jeder leid, der alt werden mußte, ohne meinen Sohn immer um sich zu haben. Und so stand ich lächelnd da, während sie das Kind in abgöttischer Liebe verhätschelte. Dann sah sie ihn wieder an und sagte rasch, während sie sein Gesicht, dessen Wangen sie zwischen den Händen hielt, hin und her wandte:

»Aber was soll das heißen? Du hast ja nichts getan, ihn vor den Göttern zu schützen – was ist das für eine Nachlässigkeit?« Sie wandte sich nun an die Sklavinnen und rief: »Bringt einen goldenen Ohrring und eine Nadel!«

Ich hatte mir schon früher vorgenommen, sein linkes Ohr zu durchstechen und einen Goldring hineinzuhängen, um die Götter zu täuschen, damit sie ihn für ein

Mädchen und daher für nutzlos hielten. Es ist ein altes Mittel gegen den frühen Tod eines einzigen Sohnes. Aber du weißt ja, meine Schwester, wie zart sein Fleisch ist. Mein eigenes Fleisch zuckte jetzt zusammen aus Mitleid mit ihm, obwohl ich nicht wagte, der Weisheit meiner Schwiegermutter zu widersprechen.

Doch als sie die Nadel an das kleine Ohrläppchen setzte, schrie er auf; seine Augen wurden groß vor Angst, und er zog den Mund herab, so daß seine Großmutter, die das sah, nicht zustechen konnte und die Nadel fallen ließ. Dann tröstete sie ihn mit leise gemurmelten Worten, ließ einen roten Seidenfaden holen und band damit dem Kinde den Ring ans Ohr, ohne das Fleisch zu durchbohren. Da lächelte er wieder, und sein Lächeln verband unsere Herzen.

Da ich nun gesehen hatte, was mein Sohn für seine Großmutter bedeutet, verstand ich beim Fortgehen nur noch besser den Schmerz meiner Mutter. Die Frucht ihres Lebens ist ihr Enkel, der noch nicht geboren ist.

Ich aber bin glücklich, daß ich das Herz der Großmutter meines Sohnes erfreut habe, und mein Kummer um die Alten ist ein wenig gelindert.

Es hat den Göttern wohlgefallen, daß ich eine gute Tochter war und das Kind gestern zur Mutter seines Vaters gebracht habe, denn an diesem Morgen, meine Schwester, kam ein Bote zu uns mit einem Brief meiner Mutter. Das Schreiben war an meinen Bruder gerichtet und tat der zornigen Rede, die sie gewechselt hatten, keine Erwähnung; es enthielt bloß den Befehl, mein Bruder möge heimkommen. Sie sagte, sie wolle der Fremden wegen keine weitere Verantwortung auf sich nehmen. Die Sache sei zu wichtig, als daß sie sie entscheiden könnte. Darüber hätten unser Vater und die männlichen Oberhäupter der Sippe Beschluß zu fassen.

Einstweilen aber, so hieß es in dem Schreiben, könne

mein Bruder die Frau mitbringen, und sie dürfe in dem äußeren Hofe wohnen. Es wäre nicht schicklich, wenn sie unter den Konkubinen und deren Kindern lebte. Damit war der Brief zu Ende.

Wir alle waren erstaunt über die Sinnesänderung meiner Mutter. Mein Bruder war sogleich voll Hoffnung. Immer wieder rief er lächelnd: »Ich habe ja gewußt, daß sie zu guter Letzt ihren Standpunkt aufgeben wird. Schließlich bin ich ihr einziger Sohn.«

Als ich ihn daran erinnerte, daß sie die Fremde in keiner Weise anerkannt hatte, erwiderte er:

»Wenn meine Frau einmal im Hause ist, werden alle sie lieben.«

Da sagte ich nichts, denn ich wollte ihn nicht entmutigen. Doch im innersten Herzen wußte ich, daß wir Chinesinnen nicht so leicht eine andere liebgewinnen. Wahrscheinlicher ist es, daß die Frauen an die Tochter Lis denken werden, die auf den Vollzug ihrer Ehe wartet.

Heimlich befragte ich den Boten meiner Mutter, und er erwiderte, meine Mutter sei in der vorigen Nacht sehr krank gewesen, so daß alle gefürchtet hätten, sie könnte alsbald hinübergleiten in die Schatten des Todes. Doch man ließ Gebete sprechen und Priester holen, und es wurde ihr besser, und bis zum Morgen hatte sie sich wie durch ein Wunder hinreichend erholt, um diesen Brief eigenhändig schreiben zu können.

Ich wußte, was geschehen war. Sie sah den Tod kommen und fürchtete, ihr Sohn werde nie mehr in sein Heim und zu seiner Pflicht zurückkehren; in diesem Augenblick legte sie das Gelübde ab, sie werde ihn zurückrufen, wenn die Götter ihr das Leben schenkten.

Mir war wehe ums Herz, dieser Demütigung wegen, und es verlangte mich, sogleich zu meiner Mutter zu gehen, doch mein Gatte sagte:

»Warte! Ihre Kraft reicht nur für eine Sache gleichzeitig aus. Dem Schwachen ist selbst Mitgefühl zu schwer zu tragen.«

Da bezwang ich mich und half der Gattin meines Bruders beim Packen ihrer Kisten. Könnte ich frei zu ihr reden, in meiner Sprache, ich hätte ihr gesagt:

»Denk daran, daß sie alt ist und krank, und daß du ihr alles genommen hast, was sie besaß.«

Aber ich kann nichts sagen, weil die Rede zwischen uns durchbrochen ist von Worten, die nicht verstanden werden.

Heute sind mein Bruder und seine Frau fortgezogen ins Haus seiner Ahnen. Sie werden in den alten Gemächern leben, in denen mein Bruder seine Jugend verbracht hat. Ihr wird man nicht gestatten, in den Frauengemächern zu schlafen oder zu essen oder sich aufzuhalten. Auf diese Art weigert sich meine Mutter noch immer, sie anzuerkennen.

Nun, da sie fortgezogen sind, freue ich mich, wieder allein zu sein mit meinem Gatten und meinem Sohn, und doch ist mit ihnen ein gewisses Leben aus dem Hause geschieden. Es ist, als ob der Westwind zur Zeit des Sonnenunterganges sich gelegt und eine Stille hinterlassen hätte, die leblos zu sein scheint.

Ich denke an die beiden und stelle mir vor, wie sie allein beisammen sind in den alten Räumen. Gestern abend habe ich zu meinem Gatten gesagt:

»Wie soll dieses Wirrsal enden?«

Er schüttelte besorgt den Kopf, dann sprach er:

»Wenn diese zwei unter demselben Dache weilen, die Alte und die Junge, wird das sein, als ob Eisen auf Feuerstein träfe. Wer kann sagen, welcher von ihnen den anderen zermalmen wird?«

»Und was soll daraus werden?«

»Irgendein Feuer wird daraus entstehen«, erwiderte er ernst. »Ich bedauere deinen Bruder. Kein Mann ist imstande, ruhig zwischen zwei stolzen Frauen zu stehen, von denen die eine alt ist und die andere jung und die ihn beide über alles lieben.«

Er nahm unseren Sohn auf die Knie und betrachtete sinnend das Kind. Ich weiß nicht, was er dachte, doch der Knabe hob in seiner Unschuld die Haarlocke vom Ohr, um voll Stolz den Ring zu zeigen, den seine Großmutter ihm umgehängt hatte. Er rief:

»Schau, Dada.«

Sogleich vergaßen wir meinen Bruder und dessen Frau. Mein Gatte sah mich argwöhnisch und vorwurfsvoll an.

»Kuei-lan, was heißt das?« fragte er. »Ich dachte, wir hätten diese abergläubische Dummheit schon überwunden?«

»Deine Mutter hat es ihm umgehängt«, stammelte ich. »Und ich hatte nicht das Herz –«

»Unsinn!« rief er. »Wir müssen zuerst an das Kind denken. Wir dürfen nicht zulassen, daß ihm solche Ideen in den Kopf gesetzt werden.«

Er nahm ein kleines Messer aus der Tasche und schnitt den Seidenfaden, der den Ring festhielt, behutsam durch. Dann beugte er sich vor und warf das Ganze durchs Fenster in den Garten. Als das Kind Miene machte, zu weinen, sagte er lachend:

»Du bist ein Mann wie ich. Sieh her, auch ich trage keinen Ring im Ohr. Das tun nur Frauen. Wir sind Männer. Wir haben keine Angst vor Göttern.«

Und das Kind lachte über diese munteren Worte.

Doch im Dunkel der Nacht dachte ich ihrer nicht ohne Furcht. Kann das Alter immer unrecht haben? Wie, wenn es trotz allem Götter gibt? Ich möchte nicht irgend etwas versäumen, das ich für meinen Sohn tun kann. Ach, wie gut verstehe ich meine Mutter!

17

Zwanzig Tage hatte ich das Haus meiner Mutter nicht besucht. Ich war müde und fühlte mich nicht wohl, und wenn ich an meine Mutter und den Bruder dachte, wurde die Verwirrung meines Gemütes noch ärger. Dachte ich meines Gatten, wandte sich mein Herz dem Bruder zu. Hielt ich aber meinen Sohn im Arme, klammerte sich mein Herz an meine Mutter.

Zudem hatte sie mich nicht gerufen, und wäre ich ohne Aufforderung gekommen, ich hätte nicht gewußt, wie ich sie begrüßen oder wie ich mein Erscheinen erklären sollte.

Doch das viele Alleinsein in dem ruhigen Hause – du weißt, daß der Vater meines Sohnes den ganzen Tag und bis spät in die Nacht arbeitet – brachte mich auf viele Gedanken, und ich stellte mir so manches vor.

Wie verlebte die Fremde die langen, langsamen Tage? Hat meine Mutter sie noch einmal gesehen und mit ihr gesprochen? Ich konnte mir denken, daß die Konkubinen und Sklavinnen gewiß ganz toll vor Neugier waren und die Fremde hinter allen Ecken belauschten. Die Sklavinnen würden Vorwände finden und meinem Bruder Tee und dies und jenes bringen, nur um sie zu sehen, und der ganze Klatsch in Küche und Gesindetrakt würde sich um sie drehen, um ihre Art, um ihr Äußeres, um ihr Betragen und ihre Sprache, und immer würde das mit einem Tadel, daß sie überhaupt da war, enden, mit einem Ausdruck des Mitleids für die Tochter Lis.

Endlich kam mein Bruder mich zu besuchen. Ich saß eines Morgens da und bestickte ein Paar Schuhe für meinen Sohn – du weißt, es sind nur mehr sieben Tage bis zum Frühlingsfest – und plötzlich öffnete sich die Tür, und mein Bruder trat unangemeldet ein. Er trug chinesische Kleidung und glich dem Bilde seiner Jugend mehr, als er es jemals seit seiner Rückkehr getan. Nur sein

Gesicht war ernst. Er setzte sich ohne Gruß und begann zu sprechen, als ob wir ein früher abgebrochenes Gespräch fortsetzten.

»Willst du nicht hinüberkommen, Kuei-lan? Meine Mutter ist sehr erschöpft, und ich glaube, sie ist krank. Nur ihr Wille ist so stark geblieben wie je. Sie hat die Entscheidung gefällt, meine Frau müsse ein Jahr lang das Leben einer Chinesin in den Höfen führen. Da mein ganzes Erbe von dem Gehorsam meiner Frau abhängt, versuchen wir, uns den Wünschen meiner Mutter zu fügen. Doch es ist, als wollte man einen Goldpirol in einem Käfig halten! Komm und bring das Kind mit!«

Er erhob sich und ging rastlos im Zimmer auf und ab. Als ich seine Verwirrung sah, versprach ich zu kommen.

Und so ging ich am selben Nachmittag zu meiner Mutter und nahm mir vor, auf meinem Wege durch die Höfe mich aufzuhalten, um jene andere zu besuchen, die Gattin meines Bruders. Ich durfte meine Mutter nicht wissen lassen, daß ich außer ihr noch jemanden besuchte, und in der Tat, ich war entschlossen, die Fremde vor meiner Mutter nicht einmal zu erwähnen, wenn meine Mutter mir keine Gelegenheit dazu gab.

Ich ging sogleich zu meiner Mutter, ohne mich in den Höfen aufzuhalten, obwohl die Zweite Dame, sobald ich nur in den Frauentrakt trat, an die Schwelle des Mondtores kam und mich hinter einem Oleanderbaum durch Zeichen heranwinkte. Aber ich verneigte mich nur und schritt ins Gemach meiner Mutter.

Nachdem die Begrüßung vorbei war, sprachen wir zuerst von meinem Sohn, dann aber faßte ich Mut, das Gesicht meiner Mutter prüfend zu betrachten. Trotz den Worten meines Bruders fand ich ihr Aussehen ein wenig besser oder zumindest nicht so schlecht, wie ich befürchtet hatte. Ich erkundigte mich nicht nach ihrem Befinden, da ich wußte, daß solche Fragen sie stets reizten, wenn sie auch nie unterließ, höflich zu antworten. Statt dessen fragte ich:

»Findest du deinen Sohn, meinen Bruder, durch die Jahre im Ausland verändert?«

Da zog sie die scharfen Augenbrauen leicht in die Höhe.

»Ich habe mit ihm kaum über etwas Wichtiges gesprochen. Die Frage seiner Vermählung mit der Tochter Lis bleibt bis zur Rückkehr seines Vaters natürlich offen. Aber er gleicht wenigstens mehr sich selbst, seit ich ihm sagen ließ, er müsse die gewohnte Tracht tragen, wenn er ins Haus zurückkehrt. Es war keine Freude für mich, die Beine meines Sohnes in Hosen zu sehen, gleich denen eines Wasserträgers.«

Da sie von seiner Vermählung gesprochen hatte, tat ich so, als fragte ich ganz nebenbei, während ich das Muster auf der Seide meines Kleides betrachtete:

»Und wie findest du die blauäugige Fremde?«

Ich ahnte, wie der Körper meiner Mutter kaum merklich steifer wurde, doch sie hustete bloß und antwortete in nachlässigem Tone:

»Was diese betrifft, die Fremde in den Höfen – ich weiß nichts von ihr. Ich habe sie einmal gerufen, um mir von ihr den Tee bereiten zu lassen, denn dein Bruder bedrängte mich mit seinen flehentlichen Bitten, ich möge ihr erlauben, vor mich zu treten. Doch ich fand ihre ungeschickten Hände und ihr barbarisches Aussehen unerträglich. Sie betrug sich sehr linkisch vor mir. Ich bemerkte, daß sie in dem schicklichen Betragen einem Höheren gegenüber überhaupt nie unterwiesen worden war. Ich werde keine Versuche machen, sie wieder zu sehen. Ich fühle mich glücklich, wenn ich diese Sache vergessen und mich nur daran erinnern kann, daß mein Sohn wieder unter dem väterlichen Dache weilt.«

Ich war überrascht. Mein Bruder hatte mir nichts davon gesagt, daß seine Frau gerufen worden war, Tee für unsere Mutter zu machen. Das war eine bedeutsame Sache gewesen. Aber bei näherem Nachdenken erkannte ich, daß er mir wohl absichtlich nichts davon gesagt hatte, weil sie unserer Mutter so sehr mißfiel. Doch da ich mich des Herzenswunsches meines Bruders erinnerte, fragte ich mit großer Kühnheit noch weiter:

»Darf ich sie einladen, eine Stunde in meinem armseligen Hause zu verbringen, da sie hier doch fremd ist?«

Sie antwortete kalt:

»Nein. Du hast genug getan. Ich werde ihr nicht erlauben, noch einmal durch das große Tor zu gehen, solange sie hier bleibt. Sie muß die für Damen schickliche Abgeschlossenheit erlernen, wenn sie hier leben soll. Ich will nicht haben, daß die ganze Stadt über diese Sache klatscht. Ich sehe, daß sie schrankenlos und ungehemmt ist, und sie muß im Zaum gehalten werden. Sprich nicht mehr von ihr!«

Der weitere Teil unseres Gespräches bewegte sich sorgfältig um Nichtigkeiten. Ich sah, daß sie von nichts sprechen werde, das unter die Oberfläche der nebensächlichen, alltäglichen Ereignisse reichte – wie zum Beispiel des Einsalzens der Gemüse für die Dienerschaft, des Steigens der Preise für die Stoffe von Kinderkleidern, der Aussichten der Chrysanthemensetzlinge, die jetzt gepflanzt worden waren, damit sie im Herbste blühten. Darum verabschiedete ich mich und ging.

Doch als ich durch das kleine Tor trat, traf ich auf meinen Bruder. Er ging zum Hause des Wächters am großen Tor, da er ihn etwas fragen wollte, doch ich wußte sogleich, daß er die Absicht hatte, dort auf mich zu warten. Beim Näherkommen betrachtete ich sein Antlitz genau und sah, daß jene Kraft und Entschlossenheit, die ihn in meinen Augen einem Ausländer ähnlich gemacht hatten, einem Ausdruck der Verwirrung und Angst gewichen waren, der im Verein mit der gebückten Haltung und der chinesischen Tracht ihn wieder aussehen ließ wie jenen halb verstockten Schulknaben seiner Kindheit.

»Wie geht es ihr, deiner Frau?« fragte ich, noch ehe er etwas sagte.

Seine Lippen zitterten, er fuhr sich mit der Zunge darüber. »Nicht gut! Oh, meine Schwester, wir können dieses Leben nicht mehr lange ertragen. Ich werde etwas tun müssen - fortgehen - und Arbeit suchen -«

Er verstummte, und da beschwor ich ihn, nur Geduld zu haben, ehe er sich zu einem Bruche entschlösse. Es bedeute schon viel, daß unsere Mutter die Fremde in die Höfe habe kommen lassen, und ein Jahr sei nicht lange. Doch er schüttelte den Kopf.

»Meine Frau selbst beginnt schon zu verzweifeln«, sagte er düster. »Ehe wir hierher kamen, verlor sie nie den Mut. Nun aber schwindet sie von Tag zu Tag dahin, unsere Kost erweckt ihren Abscheu - und ich kann ihr keine ausländischen Speisen beschaffen. Sie ißt nichts. In ihrem Lande war sie an Freiheit und Huldigungen gewöhnt - sie gilt als schön, und viele Männer haben sie geliebt. Ich war stolz darauf, daß ich sie allen anderen abgewann. Ich dachte, das beweise die Überlegenheit unserer Rasse.

Nun aber gleicht sie einer Blume, die man gepflückt und in eine Silbervase gesteckt hat, in der kein Wasser ist. Tagein, tagaus sitzt sie stumm da, und ihre Augen brennen in dem bleichen Gesicht, das immer bleicher wird.«

Mein Bruder schien es als Vorzug bei einer Frau zu betrachten, daß sie von vielen Männern geliebt wurde. Das setzte mich in Erstaunen. Hierzulande könnte das wohl für eine Dirne als Lob gelten. Ach, wie durfte sie je hoffen, eine von uns zu werden! Doch während er sprach, war mir ein neuer Gedanke gekommen.

»Wünscht sie, zu den Ihren zurückzukehren?« fragte ich eifrig.

Hierin sah ich eine Lösung. Wenn sie fortging und die Meere sich wieder zwischen ihnen breiteten, würde mein Bruder, der schließlich doch nur ein Mann ist, allmählich den Gedanken an diese Frau aufgeben und zu seiner Pflicht zurückkehren. Aber ich werde seinen Ausdruck, als ich das sagte, nicht so bald vergessen. Seine Augen schienen mich vor Zorn anspringen zu wollen.

»Wenn sie geht, gehe ich mit ihr«, sagte er mit plötzlicher Heftigkeit. »Wenn sie hier in meinem Heim stirbt, bin ich nicht mehr der Sohn meiner Eltern – nun und nimmer!«

Ich tadelte ihn sanft ob dieser unkindlichen Worte, doch da brach er zu meinem großen Erstaunen unvermutet in rauhes Schluchzen aus und ging rasch von dannen.

Ich stand da und wußte kaum, was ich tun sollte, während ich seine gebückte Gestalt in dem andern Hofe verschwinden sah, in dem er wohnte, dann aber folgte ich ihm unentschlossen und eigentlich ein wenig verwirrt aus Angst vor meiner Mutter.

Ich ging also zu der Fremden. Sie schritt rastlos im inneren Hofe der Gemächer meines Bruders hin und her. Sie trug wieder ihre ausländische Tracht, ein einfaches Kleid von dunkelblauer Farbe, das so geschnitten war, daß es ihren weißen Hals frei ließ. In der Hand hielt sie ein ausländisches Buch, das offen war und bedeckt mit kurzen Zeilen von Schriftzeichen, die in kleinen Gruppen quer über die Mitte jeder Seite gingen.

Sie schritt auf und ab und las und runzelte beim Lesen die Stirn, doch als sie mich sah, wandelte ein Lächeln ihr Gesicht und sie blieb stehen, bis ich an ihrer Seite war. Wir wechselten ein paar nebensächliche Worte; sie konnte jetzt schon ganz gut sprechen, wenn es sich um einfache Dinge handelte. Ich lehnte es ab einzutreten, da ich zu dem Kinde zurückgehen müsse. Und sie bedauerte es. Ich erwähnte den alten Wacholderbaum im

Hofe, sie sprach von einem Spielzeug aus Tuch, mit Baumwolle ausgestopft, das sie für meinen Sohn verfertigte. Ich dankte ihr - und dann hatten wir keinen Gesprächsstoff mehr. Ich wartete, dann begann ich mit der Verabschiedung und fühlte einen unbestimmbaren Schmerz, weil die Meere zwischen uns liegen, und weil ich nichts tun konnte, meinem Bruder oder meiner Mutter zu helfen.

Doch als ich mich zum Gehen wandte, faßte sie plötzlich meine Hand und hielt sie fest. Da blickte ich sie an und sah, daß sie mit einem raschen Ruck des Kopfes sich Tränen aus den Augen schüttelte. Mitleid ergriff mich, und ich murmelte leise Worte, wußte aber nicht, was ich sagen sollte. Ich versprach bloß, bald wieder zu kommen. Ihre Lippen zitterten, während sie den Versuch machte, zu lächeln.

So verging noch ein Monat. Dann kam mein Vater zurück. So seltsam das klingt, er nahm großes Interesse an der Frau meines Bruders und fand Gefallen an ihr. Wang Da Ma erzählt, er habe sich schon beim großen Tor erkundigt, ob mein Bruder die Ausländerin ins Haus gebracht habe, und als er die Antwort hörte, wechselte er die Kleider und ließ meinem Bruder sagen, er werde ihn sogleich nach dem Essen aufsuchen.

Er trat freundlich und lächelnd ein, nahm die Ehrenbezeigung meines Bruders entgegen und verlangte die Fremde zu sehen. Als sie kam, lachte er nicht wenig; er maß sie mit den Blicken und sprach recht frei über ihre Erscheinung.

»Sie ist ganz hübsch auf ihre Art«, verkündete er in überaus guter Stimmung. »Schön, schön, das ist etwas Neues in der Familie. Und kann sie unsere Sprache schon sprechen?«

Mein Bruder war verstimmt über diese lockeren Reden und erwiderte kurz, sie lerne es. Mein Vater lachte unbändig und rief:

»Macht nichts – macht nichts. Liebesworte klingen in einer fremden Sprache gewiß ebenso süß – ha, ha, ha.« Und er lachte, bis sein fetter Körper wackelte.

Was aber sie betrifft, so konnte sie nicht alles verstehen, denn er sprach wie immer nachlässig, und seine Stimme klingt tief und gepreßt, doch seine freundliche Miene ermutigte sie, und mein Bruder konnte ihr nicht gut sagen, daß es mein Vater an Achtung für sie fehlen ließ.

Ich höre, daß mein Vater sie jetzt oft besucht und mit ihr tändelt und sie frei anstarrt und ihr neue Worte und Ausdrücke beibringt. Er hat ihr Zuckerwerk geschickt und einmal einen Zwerg-Limonenbaum in einem grünen Emailtopf.

Mein Bruder aber achtet sorgfältig darauf, bei allen diesen Begegnungen anwesend zu sein.

Sie gleicht einem Kind. Sie ist ahnungslos.

Gestern besuchte ich wieder die Frau meines Bruders, nachdem ich meine Mutter zum Festtage begrüßt hatte. Ich wagte nicht, mir das Mißvergnügen meiner Mutter dadurch zuzuziehen, daß ich der Fremden längere, nicht bloß vorübergehende, Besuche abstatte, denn ich fürchte, meine Mutter könnte mir überhaupt verbieten, die Höfe meines Bruders zu betreten.

»Fühlst du dich glücklicher?« fragte ich.

Sie lächelte ihr lebhaftes Lächeln. Das erhellt jedesmal ihr Gesicht, als ob die Sonne plötzlich hinter einer düsteren Wolke hervorträte.

»Ja, vielleicht«, antwortete sie. »Wenigstens ist es nicht schlimmer geworden. Ich habe seine Mutter nicht mehr gesehen, mit Ausnahme eines einzigen Males, da sie verlangte, ich solle ihr Tee machen. Ich hatte noch nie in meinem Leben auf solche Weise Tee aufgegossen. Sein Vater aber kommt fast jeden Tag zu Besuch.«

»Wir wollen Geduld haben«, erwiderte ich. »Der Tag

wird noch kommen, da sich das Herz der erhabenen Mutter rühren läßt.«

Sogleich wurde ihr Gesicht hart.

»Ich habe ja nichts Böses getan«, sagte sie mit leiser, gepreßter Stimme. »Es ist doch gewiß kein Vergehen, zu lieben und zu heiraten. Sein Vater ist der einzige Freund, den ich in diesem Hause habe. Er ist gütig zu mir, und ich brauche Güte, das kann ich dir sagen. Ich glaube nicht, daß ich es noch lange so aushalten kann, so eingeschlossen.«

Sie schüttelte das kurze gelbe Haar zurück, und dann wurden ihre Augen plötzlich dunkel und zornig. Ich bemerkte, daß sie in die anderen Höfe hinausschaute, und mein Blick folgte dem ihren.

»Sieh dir das wieder an«, rief sie. »Da sind sie - ich bin wie ein Schaustück für diese Weiber! Ihr Gaffen ist mir schon in den Tod verhaßt. Warum lungern sie immer umher und flüstern und lugen und zeigen mit den Fingern?«

Bei diesen Worten nickte sie zum Mondtor hin. Dort standen neben dem Tore die Konkubinen und ein halbes Dutzend Sklavinnen. Müßig kauten sie Erdnüsse und fütterten damit ihre Kinder, insgeheim aber starrten sie auf die Fremde, und ich konnte ihr Lachen vernehmen. Ich blickte sie mit gerunzelter Stirn an, aber sie taten, als sähen sie mich nicht, endlich aber zog mich die Fremde weiter fort, in das Gemach, dessen schwere Holztür sie fest schloß.

»Ich kann sie nicht ertragen«, sagte sie leidenschaftlich. »Ich verstehe ihre Worte nicht, aber ich weiß, daß sie vom Morgen bis zum Abend über mich sprechen.«

Ich beruhigte sie.

»Du darfst dir nichts aus ihnen machen. Sie sind gänzlich unwissend.«

Doch sie sagte kopfschüttelnd:

»Ich kann das nicht Tag um Tag weiter ertragen.«

Sie runzelte die Stirn und schwieg und schien nachzudenken, ich aber wartete, und so saßen wir nebeneinander in dem großen düsteren Raum. Endlich blickte ich mich um, da nichts mehr zu sagen war, und bemerkte die Veränderungen, die sie, wahrscheinlich um den Raum westlicher erscheinen zu lassen, vorgenommen hatte. In meinen Augen aber war das nur sehr sonderbar.

An den Wänden hingen ohne jede Anordnung ein paar Bilder und darunter einige gerahmte Photographien. Als sie bemerkte, daß ich hinsah, hellte sich ihr Gesicht auf und sie sagte eifrig:

»Das sind meine Eltern und meine Schwestern.«

»Hast du keinen Bruder?« fragte ich.

Sie schüttelte den Kopf, und ihre Lippen verzogen sich ein wenig.

»Nein, aber das macht nichts aus. Wir kümmern uns nicht nur um unsere Söhne.«

Ich war ein wenig erstaunt über ihren Ton, aber ich verstand es nicht und erhob mich, um die Bilder anzusehen. Das erste war das Bildnis eines ernsten alten Mannes mit einem kurzen, weißen, spitzen Bart. Seine Augen glichen den ihren, sturmdunkel und hinter schweren Lidern. Er hatte eine große Nase, und sein Kopf war kahl.

»Er unterrichtet; er ist Professor in dem College, in dem wir, dein Bruder und ich, einander kennenlernten«, sagte sie, und ihr Blick war zärtlich auf das Antlitz des alten Mannes gerichtet. »Es ist seltsam, ihn hier in diesem Zimmer zu sehen. Er paßt nicht hierher – ebensowenig wie ich herzupassen scheine«, fügte sie leise und wehmütig hinzu. »Daß aber das Gesicht meiner Mutter diese Tage sehen muß, das geht über meine Kraft!«

Sie war herangetreten und stand neben mir; sie überragte mich um vieles. Doch jetzt wandte sie sich von dem zweiten Bild ab und ging zu dem Sessel zurück, von dem sie sich erhoben hatte. Sie nahm weißen Stoff, der daneben auf dem Tische lag, und begann zu nähen. Ich hatte sie noch nie zuvor bei einer solchen Arbeit gesehen. Sie setzte sich eine absonderliche Metallhaube auf den Finger, die gar nicht so aussah wie ein wirklicher Fingerhut, der den Mittelfinger umhüllt, und die Nadel hielt sie wie einen Dolch. Aber ich sagte nichts. Ich betrachtete das Gesicht ihrer Mutter. Das war sehr klein und zart und irgendwie auch gütig, obwohl die Würde des Ausdrukkes durch die Art beeinträchtigt wurde, wie die weißen Haare ringsum angeordnet waren. Das Gesicht der Schwester glich genau diesem Gesicht, nur war es sehr jung und lachte. Ich sagte höflich:

»Du wünschest wohl sehr, deine Mutter zu sehen?«

Doch zu meiner Überraschung schüttelte sie den Kopf.

»Nein«, sagte sie in ihrer unverblümten Art. »Ich kann ihr nicht einmal schreiben.«

»Warum?« fragte ich erstaunt.

»Weil leider alles, was sie befürchtet hat, in Erfüllung geht. Um keinen Preis will ich, daß sie mich so sehe, wie ich jetzt bin! Und sie kennt mich zu gut, um nicht alles klar zu durchschauen, wenn ich schreibe. Ich habe ihr kein einziges Mal geschrieben, seit ich hierher kam.

Ach, dort zu Hause schien alles so wundervoll – meine kleine Schwester sagte, es sei das Romantischste, was man sich vorstellen könne, und ich – du weißt nicht, welch vollendeter Anbeter er sein kann. Er sagte mir Dinge und auf eine Art, daß die Huldigungen jedes anderen Mannes langweilig und schal waren, er ließ mir die Liebe als etwas ganz Neuartiges erscheinen. Aber meine Mutter hatte immer Angst. Immer!«

»Wovor Angst?« fragte ich erstaunt.

»Daß ich kein Glück finde, wenn ich so weit fortziehe – daß die Seinen nicht – daß sie etwas tun könnten, damit alles schlimm ende. Und ich fühle, daß es jetzt einem schlimmen Ende zugeht – vielleicht! Ich weiß es nicht – aber ein Netz scheint sich um mich zusammenzuziehen. Eingeschlossen hinter diesen hohen Mauern, male ich mir so manches aus – ich verstehe nicht, was sie sagen – diese Leute – ich weiß nicht, was sie wollen. Ihre Mienen verraten nie etwas. Nachts beginne ich mich zu ängstigen.

Und dann ist mir manchmal sogar, als sähe ich sein Gesicht so wie die ihren, glatt und undurchdringlich, so daß es nichts von dem verrät, was er fühlt. Dort zu Hause schien er gleich einem von uns, nur anmutiger, in einer neuen Anmut, die ich früher nicht gekannt hatte. Hier aber scheint er mir zu entfliehen und seltsam fremd zu werden – er scheint mir zu entgleiten. Oh, ich weiß nicht, wie ich es ausdrücken soll! Ich war von jeher an Aufrichtigkeit und Fröhlichkeit und offene Reden gewöhnt. Doch hier begegne ich nur starrem Schweigen und Verbeugungen und Seitenblicken. Ich könnte es ertragen, derart meiner Freiheit beraubt zu sein, wenn ich wüßte, was hinter dem allem steckt. Aber – weißt du, dort drüben zu Hause habe ich gesagt, ich könnte um seinetwillen alles werden, Chinesin, Hottentottin – was er nur will – aber ich kann nicht, ich kann nicht! Ich bleibe für immer Amerikanerin!«

All dies sprudelte sie hervor, zur Hälfte in ihrer Sprache, zur Hälfte in den Worten der unseren, die sie kannte. Ihre Brauen zuckten, ihre Hände bewegten sich, ihr ganzes Gesicht war verstört. Ich hatte nie geahnt, daß so viele Worte in ihr seien. Sie goß sie aus, als ob aus einem versiegelten Felsen plötzlich Wasser sprudelte. Ich war gar sehr verwirrt, denn ich hatte noch nie das Herz einer Frau so entblößt gesehen, und doch regte sich Mitgefühl in mir und eine Art unklaren Mitleids.

Doch während ich darüber nachdachte, was ich ihr sagen sollte, kam mein Bruder aus seinem Zimmer, das nebenan lag. Er schien alles gehört zu haben. Er bemerkte mich gar nicht, sondern eilte zu ihr und nahm ihre Hände, die sie auf die Arbeit hatte sinken lassen. Er fiel vor ihr auf die Knie und drückte ihre noch immer gefalteten Hände an seine Wange, dann legte er sie sich auf die Augen und senkte den Kopf. Ich zögerte, da ich nicht wußte, ob ich gehen oder bleiben sollte. Mit gramverzerrtem Gesicht blickte er zu ihr auf. Er flüsterte heiser:

»Mary, Mary, ich habe dich nie so sprechen hören. Du zweifelst doch nicht wirklich an mir? In deiner Heimat hast du mir gesagt, du wolltest meine Rasse und Nation annehmen und mit mir teilen. Nun, wenn es am Ende dieses Jahres unmöglich ist, werden wir alles hinter uns lassen, und ich werde mit dir Amerikaner werden. Und ist auch das unmöglich, werden wir irgendwo ein neues Land gründen und eine neue Rasse, damit wir zusammenbleiben können. Du darfst nicht an mir zweifeln, nein, nein, Liebste!«

Das konnte ich verstehen, denn er sprach in seiner Erregung in unserer Sprache. Dann aber begann er fremde Worte zu murmeln, und ich weiß nicht, was er sagte. Sie lächelte jedoch, und ich sah, daß sie für ihn noch viel mehr würde erdulden können. Sie neigte den Kopf, bis er auf der Schulter meines Bruders lag, und sie versanken in ein bebendes Schweigen. Ich aber schämte mich, angesichts so unverhüllter Liebe länger zu verweilen.

Darum stahl ich mich fort und fand Erleichterung darin, daß ich die Sklavinnen schalt, weil sie durch das Tor die Fremde angestarrt hatten. Die Konkubinen meines Vaters konnte ich natürlich nicht tadeln, aber eben deshalb sprach ich zu den Sklavinnen so laut, daß jene es hören konnten. Sie alle hatten aber nichts anderes in sich als unwissende, ja sogar unverschämte Neugier. Die fette Konkubine kaute laut und schmatzend an einem öligen Kuchen und sagte:

»Ein jeder, der so lächerlich und so unmenschlich aussieht, muß damit rechnen, daß man ihn anschaut – und auch auslacht.«

»Nichtsdestoweniger ist auch sie ein Mensch und hat Gefühle wie wir«, antwortete ich, so streng ich konnte.

Die dicke Zweite Dame zuckte aber nur die Achseln, und kaute weiter und wischte sich die Finger sorgfältig an ihrem Ärmel ab.

Ich ging zornig fort und erst, als ich beinahe schon zu Hause war, wurde mir klar, daß mein Zorn zur Gänze für die Frau meines Bruders eintrat und nicht mehr gegen sie gerichtet war.

18

Und jetzt, meine Schwester, ist geschehen, was wir nicht wünschten – sie ist schwanger! Sie hat es schon eine ganze Reihe von Tagen gewußt, ehe sie es in ihrer unverständlichen fremdländischen Zurückhaltung auch nur meinem Bruder gesagt hat; der es mir eben mitteilte.

Das ist nichts, was uns Freude machen kann, und als meine Mutter davon hörte, legte sie sich zu Bett, und sie kann nicht aufstehen vor Kummer. Das ist es, was sie vorausgesehen und gefürchtet hat, und ihr gebrechlicher Körper kann der Wucht dieser Enttäuschung nicht standhalten. Du weißt, wie sehr sie die Erstlingsfrucht aus dem Fleisch meines Bruders für die Familie ersehnt hat. Und da das nun nie mehr der Fall sein kann, glaubt sie, er habe sein Leben sinnlos vergeudet, denn dieses Kind kann nun und nimmer als Enkel vor sie treten.

Darum ging ich zu meiner Mutter und fand sie gerade ausgestreckt und still auf dem Bette liegen. Ihre Augen waren geschlossen, und sie öffnete sie nur zu einem Blick des Erkennens, ehe sie sie wieder schloß. Ich setzte mich leise neben sie und wartete schweigend. Plötzlich veränderte sich ihr Gesicht so wie damals, es erstarb zu der grauenvollen Farbe der Asche, und sie begann schwer zu atmen.

Furcht befiel mich; ich klatschte in die Hände, um eine Sklavin herbeizurufen, und Wang Da Ma selbst kam mit einer Opiumpfeife gelaufen, die schon angezündet war und qualmte. Meine Mutter griff danach; sie tat einige verzweifelte Züge, und ihr Schmerz war gelindert.

Doch als ich das sah, wurde mir bange. Offenbar litt sie sehr oft unter dem Schmerz, weshalb die Opiumpfeife schon vorbereitet war und die Lampe brennend gehalten wurde. Doch als ich darüber sprechen wollte, untersagte es mir meine Mutter, indem sie mich scharf unterbrach:

»Es ist nichts. Erzürne mich nicht!«

Sie wollte nichts mehr sagen, und nachdem ich eine Weile neben ihr gesessen war, verneigte ich mich und ging. Als ich durch den Hof der Diener kam, fragte ich Wang Da Ma nach meiner Mutter, und sie schüttelte den Kopf.

»Die Erste Dame hat diesen Schmerz täglich öfter als die Zahl der Finger an meinen beiden Händen. Die Pein kam viele Jahre lang nur selten, aber du weißt, die Ehrwürdige spricht nie über sich. Doch unter den Kümmernissen dieses Jahres ist der Schmerz ständig geworden. Ich bin stets um sie und beobachte, wie die graue Farbe sich über ihr Antlitz breitet. Ich sehe ihr Gesicht vor Schmerz verzerrt beim frühen Morgengrauen, wenn ich den Tee bringe. Doch eine gewisse Hoffnung hat sie bis in die letzten Tage aufrechterhalten. Nun aber ist die Erhabene umgestürzt wie ein Baum, dessen letzte Wurzel abgehackt wurde.«

Sie nahm den Zipfel ihrer blauen Schürze, wischte sich zuerst das eine Auge ab, dann das andere und seufzte.

Ach, ich kenne die Hoffnung, die meine Mutter aufrechterhalten hat. Ich sagte nichts und kehrte heim und weinte und erzählte alles meinem Gatten. Ich bat ihn, mit mir zu meiner Mutter zu gehen, aber er rät mir, zu warten. Er sagt:

»Wenn sie zu etwas gezwungen oder erzürnt wird, kann es noch schlimmer werden. Zu gelegener Zeit magst du sie beschwören, einen Arzt zu rufen. Darüber hinaus hast du keine Verantwortung für einen Höheren.«

Ich weiß, daß er immer recht hat, aber ich kann meine Vorahnung drohenden Unheils nicht unterdrücken.

Mein Vater scheint sich zu freuen, daß die Fremde ein Kind haben wird. Als er davon hörte, rief er:

»Ah-ha! Jetzt werden wir einen kleinen Ausländer zum Spielen haben. Hai-ya, ein neues Spielzeug fürwahr! Wir werden ihn ›kleinen Hanswurst‹ nennen, und er soll uns belustigen.«

Mein Bruder murrte bei diesen Worten. Er beginnt meinen Vater aus tiefstem Herzen zu hassen; das kann ich sehen.

Was aber die Fremde betrifft, so hat sie ihren Kummer vergessen. Als ich zu ihr kam, um ihr Glück zu wünschen, sang sie eine unheimlich rauhe, fremdländische Melodie. Ich fragte nach dem Sinn des Liedes, und sie sagte, es sei ein Schlummerlied für ein Kind. Ich wundere mich, daß es Kinder gibt, die bei so etwas schlafen können. Sie scheint nichts mehr davon zu wissen, daß sie mir je ihr Unglück enthüllt hat. Sie und mein Bruder lieben einander von neuem, und nun, da das Kind kommt, hat sie für nichts anderes Sinn.

Im Innersten fühle ich Furcht davor, das fremde Kind zu sehen. Es kann nicht so schön sein wie mein Sohn. Es wird vielleicht gar ein Mädchen werden. Und wenn es das feuergelbe Haar seiner Mutter hat? Ach, mein armer Bruder!

Er ist unglücklich, mein Bruder! Jetzt, da ihm ein Kind

geboren werden soll, ist er mehr denn je bestrebt, die rechtliche Stellung seiner Frau zu klären. Täglich deutet er seinen Wunsch unserem Vater an. Doch unser Vater geht nicht darauf ein und antwortet lächelnd mit müßigem Geplauder über andere Dinge.

Mein Bruder sagt, er wolle den Fall beim nächsten Festtag vor die Sippe bringen, sogar in der Ahnenhalle – vor den geheiligten Ahnentafeln, damit das Kind rechtmäßig als sein ältester Sohn geboren werde. Sollte es ein Mädchen sein, ist das natürlich unwichtig. Aber wir können nicht in die Zukunft schauen.

Nun ist der elfte Monat des Jahres gekommen. Schnee liegt auf dem Boden, und der Bambus im Garten beugt sich schwer unter der Last. Es gleicht einer brandenden See weißer Wogen, wenn der Wind die Zweige schüttelt. Meines Bruders Frau wird schon sehr stark. Auf dem Haus meiner Mutter lastet ein schweres Gefühl der Erwartung. Was wird geschehen? fragte ich mich täglich.

Als ich heute aufstand, sah ich die Bäume kahl und schwarz vor einem grauen Winterhimmel. Ich erwachte plötzlich und voll Furcht, wie aus einem bösen Traum, doch ich forschte in meinem Gedächtnis nach und fand, daß ich nicht geträumt hatte. Was ist der Sinn unseres Lebens? Es liegt in der Hand der Götter, und wir wissen von nichts, außer von Furcht.

Ich habe versucht, mir zu erklären, weshalb ich Angst fühle. Um meinen Sohn? Aber er ist ein junger Löwe an Kraft. Er spricht schon wie ein König, der der Welt Befehle erteilt. Einzig sein Vater wagt noch, ihm lachend den Gehorsam zu verweigern. Ich aber, ich bin seine Sklavin, und er weiß es. Er weiß alles, der Schelm! Nein, nicht um meinen Sohn fürchte ich.

Doch wie sehr ich auch über die Sache nachdenke, ich kann meine Rastlosigkeit nicht bezwingen, meine

Ahnung, daß sich Böses vom Himmel auf uns senken wird. Ich warte darauf, daß die Götter es kundtun.

Ich bin ihrer bösen Absicht gewiß. Kann sie sich trotz allem gegen meinen Sohn richten? Ich habe noch immer ein wenig Angst wegen des fortgeworfenen Ringes.

Sein Vater lacht. Es ist wahr, daß das Kind vom Scheitel bis zur Sohle gesund ist. Sein Hunger ist so groß, daß es mich staunen macht. Er schiebt jetzt meine Brust zur Seite und verlangt täglich dreimal Reis und Eßstäbchen. Ich habe ihn entwöhnt, und er ist ein Mann. Ach, nein, kein zweites Kind ist so kräftig wie mein Sohn!

Meine Mutter wird schwächer. Wenn nur mein Vater nicht fortgereist wäre! Als mein Bruder in der Angelegenheit seiner Gattin allzu dringlich wurde, suchte sich mein Vater ein Geschäft in Tientsin und ist nun schon viele Monate dort. Nun aber, da Unglück seinem Hause droht, sollte er zurückkehren; so sehr er sich auch sonst immer nur um sein Vergnügen bekümmert, sollte er sich jetzt doch erinnern, daß er vor dem Himmel der Vertreter seiner Familie ist.

Dennoch wagte ich nicht, ihm zu schreiben – ich, bloß eine Frau, und gepeinigt von der Angst einer Frau. Vielleicht ist alles nur Einbildung. Wenn es aber Einbildung ist, warum folgt dann ein Tag dem andern in so starrer Erwartung?

Ich habe Weihrauch genommen und ihn heimlich – aus Angst vor dem Lachen meines Gatten – vor Kuanyin verbrannt. Wenn kein Unglück in Sicht ist, mag es ja gut sein, nicht an die Götter zu glauben. Wenn aber Kummer über einem Hause liegt, an wen sollen wir uns dann wenden? Ich habe zu ihr gebetet, ehe mein Sohn geboren wurde, und sie hat mich erhört.

Der heutige Tag führt in den zwölften Monat. Meine Mutter liegt regungslos auf dem Bett, und ich beginne zu fürchten, sie werde nie wieder aufstehen. Ich habe sie beschworen, Ärzte zu rufen. Endlich war sie bereit, da sie, so glaube ich leider, meine Bitten schon satt hatte. Sie ließ Tschang holen, den berühmten Arzt und Astrologen. Sie hat ihm vierzig Unzen Silber gezahlt und er versprach ihr Genesung. Es hat mich getröstet, daß er dies sagte, denn jedermann kennt ihn als weise.

Ich fragte mich aber, wann die Stunde der Linderung beginnen wird. Meine Mutter raucht jetzt schon ununterbrochen die Opiumpfeife, um den Schmerz in den Eingeweiden zu betäuben, und sie ist zu schläfrig, um zu sprechen. Ihr Gesicht ist von stumpfem Gelb, und die Haut spannt sich so fest über die Knochen, daß sie sich trocken und papierdünn anfühlt.

Ich habe sie gebeten, meinen Gatten kommen zu lassen, damit er versuchte, westliche Heilmittel anzuwenden, aber sie will nicht. Sie antwortete murmelnd, sie sei jung gewesen, jetzt sei sie alt, doch niemals werde sie die Sitten der Barbaren dulden. Mein Gatte aber schüttelt den Kopf, wenn ich ihm von meiner Mutter erzähle. Ich sehe ihm an, daß er meint, sie werde bald die Terrassen der Nacht betreten. Oh, meine Mutter, meine Mutter!

Mein Bruder spricht kein Wort vom Morgen bis zum Abend. Er grübelt. Er sitzt in seinem Zimmer und starrt mit gerunzelter Stirn vor sich hin. Wenn er aus sich herausgeht, geschieht das nur in einer Aufwallung von Zärtlichkeit gegen seine Frau. Gemeinsam haben sie sich in ein eigenes Dasein zurückgezogen, in eine Welt, in der sie mit dem ungeborenen Kinde einsam leben.

Er hat aus Bambus einen Wandschirm flechten lassen und ihn vor das Mondtor gestellt, so daß die müßigen Weiber nicht mehr hereinspähen können.

Wenn ich zu ihm über unsere Mutter spreche, ist er taub. Immer wieder sagt er wie ein zorniges Kind:

»Ich kann ihr nie verzeihen – ich kann ihr nie verzeihen!«

Niemals im Leben ist ihm etwas verwehrt worden, und jetzt kann er seiner Mutter nicht verzeihen!

Viele Wochen, eine nach der anderen, ist er nicht zu ihr gegangen. Endlich ließ er sich jedoch durch meine Angst und mein Flehen ein wenig rühren und ging mit mir und trat neben ihr Bett. Er stand dort in verstocktem Schweigen und lehnte es ab, sie zu begrüßen. Er sah sie an, sie aber öffnete die Augen und blickte fest in die seinen, ohne etwas zu sagen. Dennoch, und obwohl er noch immer nicht einmal zu mir ein Wort sagen wollte, konnte ich, als wir gemeinsam das Zimmer verließen, deutlich sehen, daß er von ihrem kranken Aussehen erschüttert war. Er hatte geargwöhnt, ein bitterer, gegen ihn gerichteter Entschluß halte sie in ihrem Zimmer fest. Doch jetzt erkannte er, daß sie todkrank sein mußte. Daher nimmt er von nun an, wie mir Wang Da Ma erzählt, täglich einmal eine Teeschale in beide Hände und reicht sie wortlos meiner Mutter.

Manchmal dankt sie ihm mit matter Stimme, doch darüber hinaus haben sie nichts miteinander gesprochen, seit bekannt wurde, daß seine Frau schwanger ist.

Mein Bruder hat außerdem unserem Vater einen Brief geschrieben, und unser Vater kehrt morgen zurück.

Meine Mutter hat nun viele Tage kein Wort gesprochen. Sie liegt in einem schweren Schlaf, der dennoch keinem Schlafe gleicht, den wir je gesehen haben. Tschang, der Arzt, zuckte die Achseln, spreizte die Hände aus und sagte:

»Wenn der Himmel Tod befiehlt, wer bin ich, diesem letzten Geschick Einhalt zu gebieten?«

Dann nahm er sein Silber in Empfang, steckte die Hände in die Ärmel und ging. Als er fort war, hastete ich zu meinem Gatten und beschwor ihn, zu meiner Mutter zu kommen. Jetzt sieht sie ja nichts mehr von dem, was um sie vorgeht, und wird nicht wissen, ob er da ist oder nicht. Zuerst wollte er es nicht tun, doch als er sah, wie sehr ich mich um sie ängstige, kam er, wenn auch nur ungern, mit mir und trat an ihr Bett. Das war das erstemal, daß er meine Mutter zu Gesicht bekam.

Ich hatte ihn noch nie so bewegt gesehen. Er blickte sie lange Zeit an, dann erschauerte er vom Kopf bis zu den Füßen und eilte aus dem Zimmer. Ich fürchtete, er fühle sich krank, doch als ich ihn fragte, sagte er:

»Es ist zu spät - es ist zu spät!«

Dann wandte er sich plötzlich zu mir und rief:

»Sie ist dir so ähnlich, daß mir war, als sähe ich dein Gesicht dort - tot!« - Und wir weinten.

Ich gehe jetzt täglich in den Tempel, wo ich seit der Geburt meines Sohnes kaum gewesen bin. Da ich das Kind hatte, gab es für mich keinen Wunsch mehr an die Götter. Deshalb ergrimmten sie über mein Glück und haben mich durch sie - durch meine geliebte Mutter gestraft. Ich gehe zum Gotte des langen Lebens. Ich habe Speisen und Wein als Opfergaben vor ihn gestellt. Hundert runde Silberstücke gelobte ich dem Tempel, sollte meine Mutter genesen.

Doch ich habe keine Antwort von dem Gotte erhalten. Er sitzt regungslos hinter seinem Vorhang. Ich weiß nicht einmal, ob er meine Opfer annimmt oder nicht.

Unter der Oberfläche unseres Erdenlebens, hinter dem Schleier, spinnen diese Götter Ränke!

Oh, meine Schwester, meine Schwester! Die Götter haben endlich gesprochen, und sie haben uns ihre Verruchtheit gezeigt! Sieh her! Ich bin in Sackleinen gekleidet! Sieh meinen Sohn - er ist vom Kopf bis zum Fuß in das rauhe weiße Tuch des Kummers gehüllt! Um sie trauern wir - um meine Mutter! Oh, meine Mutter, meine Mutter! Nein, Schwester - gebiete meinen Tränen nicht Einhalt - ich muß jetzt weinen - denn sie ist tot!

Um Mitternacht saß ich allein bei ihr. Sie lag so wie in den letzten zehn Tagen – gleich einem Gegenstand aus Bronze – regungslos. Sie sprach nicht, noch aß sie, ihr Geist hatte schon den Ruf erhabener Stimmen gehört, und nur ihr starkes Herz war noch da, um sich allmählich müde und stumm zu pochen.

Als die Stunde vor der Morgendämmerung kam, sah ich voll plötzlicher Furcht, daß eine Veränderung eintrat. Ich klatschte in die Hände und sandte die Sklavin, die Wache gehalten hatte, zu meinem Bruder. Er saß in dem äußeren Zimmer, vorbereitet auf meinen Ruf. Er trat ein und blickte meine Mutter an. Halb furchtsam flüsterte er:

»Die letzte Veränderung ist da. Es möge jemand unseren Vater holen.«

Er gab Wang Da Ma, die beim Bette stand und sich die Augen trocknete, einen Wink, und sie zog sich zurück, seinem Befehle zu gehorchen. Wir standen Hand in Hand. Wir harrten weinend, und Furcht erfüllte uns.

Plötzlich schien unsere Mutter zu erwachen. Sie wandte den Kopf und blickte uns an. Langsam hob sie die Arme, als trügen sie eine schwere Last, und zweimal seufzte sie tief. Dann sanken ihre Arme herab und ihr Geist glitt hinüber, still im Dahinscheiden so wie im Leben, und nichts enthüllend.

Als unser Vater hereinkam, noch halb schlaftrunken, in hastig umgeworfenen Kleidern, sagten wir es ihm. Er stand vor ihr und starrte und war geängstigt. Im innersten Herzen hatte er sie stets gefürchtet. Nun begann er leicht fließende Tränen zu weinen, einem Kinde gleich, und er rief laut:

»Welch gutes Weib – welch gutes Weib!«

Da führte ihn mein Bruder sanft aus dem Zimmer; er beruhigte ihn und ließ ihm von Wang Da Ma zum Troste Wein bringen.

Als ich nun mit meiner Mutter allein blieb, blickte ich wieder in das stumme, erstarrende Antlitz. Ich war der einzige Mensch, der sie je so gesehen hatte, wie sie war, und mein Herz schmolz in heißen, brennenden Tränen. Endlich zog ich die Vorhänge langsam zu und schloß meine Mutter so wieder in jene Einsamkeit ab, in der sie ihr Leben verbracht hatte.

Meine Mutter – meine Mutter!

Wir haben ihren Leichnam mit dem Öl der Akanthosblüte gesalbt. Wir haben sie in viele Rollen gelber Schleierseide gehüllt. Wir legten sie in einen der zwei großen, aus den Stämmen gewaltiger Kampferbäume gefertigten Särge, die schon seit vielen Jahren, seit dem Tode meiner Großeltern, für meinen Vater und meine Mutter vorbereitet sind. Ihre geschlossenen Augen deckten wir mit den geheiligten Jadesteinen.

Nun ist der große Sarg versiegelt. Wir haben den Wahrsager gerufen und befragt, welchen Tag er für das Begräbnis bestimme. Er hat das Buch der Sterne zu Rate gezogen und hat entdeckt, der sechste Tag des sechsten Monats im neuen Jahre sei dieser Tag. Darum riefen wir Priester, und sie kamen, in die scharlachroten und gelben Talare ihres Amtes gehüllt. Zur klagenden Musik der Pfeifen und in feierlichem Zuge brachten wir sie in den Tempel, damit sie dort den Tag ihres Begräbnisses erwarte.

Dort liegt sie nun unter der Götter Augen, in Stille und Staub der Jahrhunderte. Kein Geräusch wird laut, ihren langen Schlaf zu stören, kein Ton, es sei denn der gedämpfte Gesang der Priester ums Morgengrauen und im Abenddämmern, und nachts von Zeit zu Zeit die Tempelglocke, die in langen Zwischenräumen angeschlagen wird.

Ich kann an niemanden anderen denken als an sie.

19

Kann es sein, daß vier Monate vergangen sind, meine Schwester? Im Haar trage ich die weiße Schnur der Trauer um sie, um meine Erhabene. Obwohl ich mein gewohntes Leben führe, bin ich nicht dieselbe. Die Götter haben mich abgeschnitten von meiner Quelle, von dem Fleisch, das mein Fleisch geformt hat, von den Knochen, aus denen die meinen gemacht sind. Für immer blute ich an der Stelle dieses Schnittes.

Und so grüble ich über die Sache nach. Da der Himmel meiner Mutter den großen Wunsch nicht hatte erfüllen wollen, war es dann vielleicht nicht doch gütig von den Göttern, daß sie unter diesen Umständen die Ehrwürdige, die sie liebten, aus einer Welt der Veränderungen fortnahmen, die sie nie hätte verstehen können? Es ist ein Zeitalter, das zu schwer war für sie. Wie hätte sie ertragen können, was nachher geschah? Ich will dir alles berichten, meine Schwester.

Kaum hatte der Leichenzug das große Tor hinter sich gelassen, als auch schon die Konkubinen untereinander zu streiten begannen, wer nun die Erste Dame werden sollte. Eine jede wollte an die Stelle meiner Mutter treten, und alle wünschten, die roten Prunkgewänder anzulegen, die sie als Kleine Frauen nie hatten tragen dürfen. Eine jede ersehnte das Vorrecht, nach dem Tode durch das große Tor getragen zu werden, denn du weißt ja, meine Schwester, daß der Sarg einer Konkubine nur durch ein Seitentor geführt werden darf. Jede dieser Närrinnen putzte sich aufs neue heraus, um die Blicke meines Vaters auf sich zu lenken.

Jede sagte ich? Jene eine habe ich vergessen – La-may.

Alle die Monde, die sich nun schleppend zu Jahren gesammelt haben, hat sie auf dem Lande verbracht, auf den Familiengütern, und in der schweren Zeit, da meine Mutter starb, vergaßen wir, ihr zu schreiben. Zehn Tage dauerte es, ehe ihr durch den Verwalter meines Vaters die Nachricht zuging. Ja, sie lebte dort, bis auf die Dienerinnen und ihren Sohn ganz allein, seit jener Zeit, da davon gesprochen wurde, mein Vater werde nach ihr noch eine Konkubine nehmen. Freilich tat er es dann nicht, da sein Interesse an der Frau, noch ehe die Sache endgültig abgemacht war, schwand und er sich dahin entschied, das neue Mädchen sei das Geld nicht wert, das ihre Familie für sie verlangte. La-may aber konnte nicht vergessen, daß er eine andere begehrt hatte. Sie kehrte nie wieder zu ihm zurück, und da er das Landeben haßte, wußte sie, daß er nicht zu ihr kommen werde.

Doch als sie vom Tode meiner Mutter hörte, kam sie unverweilt und ging in den Tempel, wo der Leichnam meiner Mutter lag. Sie warf sich auf den Sarg und weinte leise drei Tage lang, ohne Nahrung zu sich zu nehmen. Ich erfuhr es durch Wang Da Ma und ging zu ihr; ich hob sie in meinen Armen empor und brachte sie zu mir ins Haus.

Sie ist fürwahr verändert. All ihre Lachlust und ihre Ruhelosigkeit sind verschwunden, und sie kleidet sich nicht mehr in frohe Seide. Sie hat aufgehört, sich die Lippen zu schminken, und sie heben sich scharf und blaß von dem blassen Gesichte ab. Sie ist ruhig und farblos und still. Nur die alte Verachtung ist geblieben. Und als sie vom Gezänke der Konkubinen hörte, verzog sie den Mund. Sie allein legte keinen Wert darauf, die Erste zu sein.

Sie vermeidet es, meinen Vater zu erwähnen. Man hat mir erzählt, sie habe geschworen, Gift zu essen, sollte er sich ihr je wieder nähern. So hat sich in ihr die Liebe zu Haß gewandelt.

Als sie von der fremden Frau meines Bruders hörte, schwieg sie, als hätte sie meine Worte nicht vernommen. Ich begann neuerlich davon zu erzählen, doch sie hörte nur kalt zu und erwiderte mit leiser Stimme, die dünn und scharf war wie Eisnadeln:

»Viel Aufregung und viel Gerede um etwas, das durch die Natur schon entschieden ist. Kann der Sohn eines solchen Vaters Treue halten? Jetzt ist er ganz im Banne der Leidenschaft. Ich weiß, was das bedeutet. Warte aber, bis sie ihr Kind geboren hat und ihre Schönheit von ihr genommen ist, wie die Einbandhülle von einem Buch. Glaubt sie etwa, er werde dann das Buch noch lesen wollen, wenngleich dessen Seiten von nichts sonst erzählen als von Liebe zu ihm?«

Und weiter berührte sie der Fall nicht. Kein anderes Wort über meinen Vater sprach sie während der vier Tage, die sie in meinem Haus verbrachte. Alles, was einst in ihr Frohsinn und Sehnsucht nach Liebe gewesen, war erstorben. Sie ist jetzt nur mehr zornig, immer zornig und über alles, doch ihr Zorn hat keine Glut. Er ist kalt und grundlos wie der Zorn einer Schlange und voll von Gift. Ich hatte manchmal Angst vor ihr, und ich gestand es meinem Gatten, als sie wieder fort war. Und ich legte meine Hand in die seine. Er hielt sie lange Zeit zwischen beiden Händen und endlich sagte er:

»Sie ist eine verschmähte Frau. Unsere alten Sitten haben die Frauen gering geachtet, und sie war keine, die leichthin hätte lieben und es daher leichter ertragen können.«

Welch Furchtbares ist doch die Liebe, wenn sie nicht frisch und ungehemmt vom Herz zum Herzen strömen kann.

La-may aber kehrte nach der Zeit der Trauer um meine Mutter aufs Land zurück.

In der Angelegenheit der anderen Konkubinen konnte keine Entscheidung fallen, ehe die Gattin meines Bruders die Anerkennung gefunden hatte, denn seine gesetzliche Frau war von Natur aus bestimmt, den Platz seiner Mutter als Erste Dame einzunehmen. Diese Frage wurde nun um so dringlicher, als die Familie Li, mit deren Tochter mein Bruder noch immer verlobt war, fast täglich durch den Vermittler Botschaften sandte und forderte, daß die Ehe unverzüglich geschlossen werde.

Natürlich verschwieg es mein Bruder der Fremden, ich aber wußte es und verstand daher, warum er gequält aussah und immer ängstlicher wurde, je enger sich das Netz dieser Verwicklungen um ihn zusammenzog. Mein Vater empfing den Vermittler, und während mein Bruder ihn gar nicht sah und auch die geführten Gespräche nicht hörte, versäumte mein Vater doch nicht, mit gespielter Gleichgültigkeit und lachend darüber zu berichten.

Seit dem Tode unserer Mutter haben mein Bruder und die Fremde ihre Liebe erneuert, und das allein schon ließ ihm ein jedes Gespräch über eine andere Ehe gleich einem Messer erscheinen, das ihm in den Eingeweiden umgedreht wurde. Obwohl die Fremde meine Mutter nie geliebt hatte, fühlte sie, die Gattin meines Bruders, doch sehr zärtlich mit ihm, als mein Bruder sich endlich der Schroffheit wegen Vorwürfe machte, mit der er seiner Mutter in ihrer Schwäche begegnet war, und als er sich die Brust schlug beim Gedanken daran, wie ihr Ende durch ihn beschleunigt worden war.

Sie hörte seine Ausbrüche der Reue an und lenkte seine Gedanken sanft auf das erhoffte Kind und auf die Zukunft. Sie ist klug – eine Frau von geringerem Geist hätte seine Klagen um die Mutter übelgenommen, doch wenn er von den Tugenden seiner Mutter sprach, so wie man von jenen spricht, die tot sind, stimmte sie ihm zu und schwieg mit viel Nachsicht über die Haltung, die unsere Mutter gegen sie eingenommen hatte. Sie fügte sogar seinem Lobe den Ausdruck ihrer Achtung vor der Seelenstärke meiner Mutter hinzu, wenn sich diese Eigenschaft auch gegen sie gerichtet hatte. Durch solche Aussprachen mit seiner Frau befreite mein Bruder sich von seinem Kummer, und an diese freigewordene Stelle trat die Liebe zu seiner Frau und erfüllte ihn aufs neue.

So blieben sie zusammen in ihren Höfen, abgesondert von der ganzen übrigen Welt. Eine Zeitlang sah ich sie nur sehr selten. Es war, als lebten sie allein, in einem fernen Lande, und als könnte nichts und niemand ihnen nahekommen. Wenn ich zu ihnen ging, begrüßte sie mich zwar stets mit großer Freude, bald aber, und ohne daß sie es wußten, vergaßen sie mich. Ihre Blicke begegneten einander insgeheim und führten eine eigene Sprache, selbst wenn ihre Lippen zu mir redeten. Waren sie auch nur durch die Länge eines Gemaches voneinander getrennt, es zog sie näher zueinander. Sie wurden sich dessen nicht bewußt, aber sie waren unruhig, bis sich der eine wieder in Reichweite des anderen befand.

Es geschah wohl während dieser Zeit der sich erneuernden Liebe, daß mein Bruder klar zu sehen begann, was er tun mußte. Eine gewisse Ruhe senkte sich in sein Gemüt, als er bereit wurde, alles für die Ausländerin aufzugeben, und er verlor die frühere Unrast.

Wenn ich die beiden beobachtete, staunte ich darüber, daß nur Wärme für sie in meinem Herzen war. Hätte ich sie je vor meiner Vermählung so gesehen, mir wäre vor einer solchen Schaustellung der Gefühle zwischen Gatte und Gattin übel geworden. Es wäre in meinen Augen ein Anblick gewesen, bar jeder Würde. Denn ich hätte es nicht verstehen können. Ich hätte die Liebe selbst herabgesetzt und hätte gedacht, sie passe nur für Konkubinen und Sklavinnen.

Und nun siehst du, wie ich verändert bin und wie mein Gebieter mich unterwiesen hat. Fürwahr, ich wußte von nichts, ehe er kam.

So lebten sie zusammen und warteten auf die Zukunft, diese beiden, mein Bruder und seine fremde Frau.

Und doch war mein Bruder nicht restlos glücklich. Sie

war glücklich. Jetzt macht es ihr nichts mehr aus, daß sie der Familie meines Bruders nicht angehört. Trotz dem Mitgefühl der Fremden war mit dem Dahinscheiden unserer Mutter eine Art Zwang von ihr gefallen; in dem Bewußtsein, daß ihr Kind in ihr lebte, war sie von einer unbestimmten Furcht befreit, die sie vorher empfunden hatte. Sie dachte jetzt an nichts anderes als an ihren Gatten und an sich und an das Kind. Als sie die Bewegungen des Kindes fühlte, lächelte sie. Sie sagte:

»Dieses kleine Menschlein ist es, das mich alles lehren wird. Von ihm werde ich lernen, wie ich dem Lande und der Rasse meines Gatten angehören kann. Von ihm will ich mir zeigen lassen, wie sein Vater ist – was er von der Zeit seiner zartesten Kindheit bis zum Mannesalter war. Ich kann nie wieder einsam sein, nie wieder allein.«

Und dann sagte sie zu ihrem Gatten:

»Es ist jetzt gleichgültig, ob deine Familie mich aufnimmt oder nicht. Deine Knochen und dein Blut und dein Hirn sind in meinen Körper gedrungen, und ich werde deinem Sohn, einem Sohn deines Volkes, das Leben schenken.«

Aber mein Bruder gab sich mit diesem Gemütszustand nicht zufrieden. Er verbeugte sich vor ihr, wenn sie so sprach, doch dann ging er, und sein Groll gegen den Vater kochte in ihm. Er sagte zu mir:

»Wir beide können allein leben für alle Zeiten, sollen wir aber das Kind um sein Erbe bringen? Haben wir ein Recht, das zu tun, selbst wenn wir es wollten?«

Doch ich konnte ihm keine Antwort geben, denn ich weiß nicht, was klug ist.

Und so ging mein Bruder, als die Zeit der Geburt herankam, so daß man sie stündlich erwarten konnte, noch einmal zu meinem Vater, den er um die förmliche Anerkennung der Gattin bat. Ich will dir berichten, Schwester, was mein Bruder erzählt hat:

Er sagte, er sei in die Gemächer seines Vaters gegangen und habe versucht, sich durch den Gedanken an die Gunst zu ermutigen, die sein Vater in früheren Zeiten der Fremden gezeigt hatte. War auch vieles, was unser Vater gesagt und getan hatte, in Wirklichkeit nicht höflich gemeint gewesen, hoffte mein Bruder doch, daß trotz alledem eine Art echter Zuneigung entstanden sein mochte. Er verbeugte sich vor meinem Vater. Er sagte:

»Mein ehrwürdiger Vater, nun, da die Erste Dame, meine ehrwürdige Mutter, dahingegangen ist, um neben den Gelben Quellen zu weilen, bitte ich, dein unwürdiger Sohn, du mögest geruhen, mich anzuhören.«

Mein Vater saß beim Tisch und trank. Nun neigte er lächelnd den Kopf, goß sich, noch immer lächelnd, aus dem Silberkrug Wein ein und nippte vornehm an der kleinen Weinschale aus Jade, die er in der Hand hielt. Er antwortete nicht; da faßte mein Bruder Mut, fortzufahren:

»Die arme Blume eines fremden Landes sucht nun ihre Stellung zwischen uns zu sichern. Nach ihren westlichen Ehesitten sind wir gesetzlich vermählt, und in den Augen ihrer Landsleute ist sie meine Erste Dame. Sie wünscht nun, diese Stellung auch nach den Gesetzen unseres Landes einzunehmen. Dies ist um so wichtiger, als sie mein erstes Kind gebären wird.

Die alte Erste Dame ist dahingeschieden, und für ewige Zeiten trauern wir um ihren Verlust. Doch es ist unumgänglich notwendig, die Erste Dame ihres Sohnes in die vom Gesetze bestimmte Reihenfolge der Generationen einzugliedern. Die fremde Blume wünscht, eine der Unseren zu werden, zu unserer Wurzel zu gehören, so wie ein Pflaumenreis auf den fremden Stamm gepflanzt wird, ehe er Frucht bringen soll. Sie wünscht, daß ihre Kinder immerdar unserem alten himmlischen Reiche angehören mögen. Dazu bedarf es nur der Anerkennung durch unseren Vater. Ferner fühlt sie sich durch die gnädige Huld ermutigt, die ihr mein Vater bisher erwiesen hat.«

Noch immer sagte mein Vater nichts. Er fuhr fort zu lächeln. Wieder goß er sich Wein ein und wieder trank er aus dem Jadebecher. Endlich sagte er:

»Die fremde Blume ist schön. Wie prächtig sind doch ihre Augen; sie gleichen purpurdunklen Edelsteinen. Wie weiß ist ihr Fleisch! Gleich dem Fleisch von Mandeln! Sie hat uns gut belustigt, nicht wahr? Ich beglückwünsche dich, daß sie dir ein kleines Spielzeug schenken wird!«

Er goß aus dem Krug Wein in die Schale, trank wieder und fuhr in seiner gewohnten, leutseligen Art fort:

»Setz dich, mein Sohn, du ermüdest dich ohne Not.«

Er öffnete die Lade des Tisches, nahm eine zweite Weinschale hervor und bedeutete meinem Bruder, er möge sich setzen. Er schenkte die zweite Schale voll mit Wein. Doch mein Bruder lehnte ab und blieb weiterhin vor ihm stehen. Mein Vater fuhr fort zu sprechen, und seine dicke, weiche Stimme rollte gemächlich dahin.

»Ah, du liebst Wein nicht?«

Er lächelte und nippte, dann wischte er sich die Lippen mit der Hand ab und lächelte wieder. Als er sah, daß mein Bruder entschlossen war, so lange hier stehen zu bleiben, bis er Antwort erhielte, sagte er endlich:

»Und was deine Bitte betrifft, mein Sohn, ich werde sie in Erwägung ziehen. Ich bin sehr beschäftigt, zudem hat mich das Hinscheiden deiner Mutter mit solchem Kummer erfüllt, daß ich jetzt unfähig bin, meine Gedanken auf eine Sache gerichtet zu halten. Heute abend fahre ich nach Shanghai, um meinem Gemüte dort ein wenig Zerstreuung zu bieten und um vom Übermaß meines Leides nicht zu erkranken. Bring der Hoffenden meine Ehrerbietung! Möge sie einen Sohn gebären, der einer Lotosblüte gleichkommt! Leb wohl, mein Sohn – guter Sohn – würdiger Sohn!«

Er erhob sich, noch immer lächelnd, ging ins Nebengemach und zog den Vorhang zu.

Als mein Bruder mir das alles erzählte, war sein Gefühl des Hasses so mächtig, daß er von seinem Vater sprach wie von einem Fremden. Ach, schon in zartester Kindheit hatten wir aus den geheiligten Edikten gelernt, daß ein Mann sein Weib nicht inniger lieben dürfe als seine Eltern. Es ist eine Sünde gegen die Ahnentafeln und die Götter. Aber welches schwache menschliche Herz könnte die Flut der Liebe dämmen? Die Liebe dringt ein, ob das Herz will oder nicht. Wie kommt es doch, daß die Alten bei all ihrer Weisheit das nicht gewußt haben? Ich kann meinem Bruder keinen Vorwurf mehr machen.

Seltsam, jetzt ist es die Fremde, die am meisten leidet. Der Widerstand meiner Mutter hat sie nicht so sehr gekränkt; ihr Herz ist gebrochen durch die Gleichgültigkeit meines Vaters. Zuerst war sie zornig und sprach in kaltem Tone von ihm. Als sie hörte, was sich zwischen ihrem Gatten und seinem Vater abgespielt hatte, sagte sie:

»Dann war also seine ganze Freundlichkeit nur erheuchelt? Ich dachte, er sei mir wirklich zugetan. Ich glaubte fest, ich hätte an ihm einen Freund. Was war dann wohl seine Absicht – ach, welch ein Tier er doch ist!«

Ich erschrak über so offene Worte gegen einen Älteren und blickte meinen Bruder an, um zu sehen, was er sagen werde, um sie zurechtzuweisen. Doch er stand still, gesenkten Hauptes, so daß ich sein Gesicht nicht sehen konnte. Sie blickte ihn an, und ihre Augen schienen sich vor Entsetzen zu weiten, und plötzlich brach sie – unvermutet, denn ihr Ton war höchst kalt und gleichgültig gewesen – in Schluchzen aus. Sie eilte zu meinem Bruder und rief: »Ach, Liebster, verlassen wir dieses Haus des Grauens!«

Ich war betroffen über ihre plötzliche Erregung, mein Bruder aber nahm sie in die Arme und sprach flüsternd zu ihr. Darum zog ich mich zurück, erfüllt von Schmerz für sie und von Zweifel um die Zukunft.

20

Jetzt hat sich unser Vater entschieden, meine Schwester! Es fällt schwer, sich mit seinem Entschluß abzufinden, aber besser ist es, ihn zu kennen, als in falscher Hoffnung zu verharren.

Gestern sandte man einen Boten an meinen Bruder, einen Vetter dritten Grades, einen Mandarin aus der Sippe meines Vaterhauses. Nachdem er in der Gästehalle Tee und Erfrischungen zu sich genommen hatte, verkündete er meinem Bruder den Willen unseres Vaters.

»Höre, du Sohn Yangs, dein Vater antwortet dir klar und deutlich auf deine Bitte, und die Mitglieder der Sippe pflichten ihm bei – selbst bis zu den Niedersten stimmen sie mit ihm überein. Dein Vater sagt:

›Es ist unmöglich, die Ausländerin unter uns aufzunehmen. In ihren Adern fließt Blut, das unabänderlich fremd ist. In ihrem Herzen sind fremde Ideale. Die Kinder ihres Schoßes können nicht Söhne Hâns sein. Wird Blut gemischt und verunreinigt, vermag das Herz nicht fest zu bleiben.

Zudem können ihre Söhne nicht in der Ahnenhalle empfangen werden. Wie dürfte ein Fremder vor der langen und geheiligten Linie der großen Ahnen knien? Nur der darf dort knien, dessen Erbe rein und in dessen Fleisch das Blut der Alten unverfälscht ist.‹

Dein Vater ist großmütig, er sendet dir tausend Silberstücke. Wenn sie das Kind geboren hat, bezahle sie und lasse sie zurückkehren in ihr Land. Lange genug hast du mit ihr gespielt, nun wende dich wieder deinen Pflichten zu. Höre den Befehl! Heirate jene, die für dich erwählt wurde. Die Tochter Lis wird ungeduldig ob dieses langen Zauderns. Die Familie Li hat Nachsicht geübt und wollte lieber mit der Heirat warten, bis deine Tollheit – und die ganze Stadt weiß davon, so daß es ein Ärgernis ist und eine Schmach für die Sippe – vergangen wäre. Nun aber lehnen sie es ab, länger zu warten, sie fordern ihr Recht. Die Vermählung kann nicht mehr hinausgeschoben werden. Die Jugend vergeht, und die in der Jugend gezeugten und geborenen Söhne sind die besten.«

Und er überreichte meinem Bruder einen schweren Sack mit Silber.

Mein Bruder aber nahm das Silber und warf es auf den Boden. Er neigte sich vor und seine Augen waren anzusehen wie zweischneidige Messer, die des anderen Herz suchten. Sein Zorn war hinter einer eiskalten Miene emporgestiegen und brach jetzt los, schrecklich wie ein Blitz aus klarem Himmel.

»Kehr zu jenem zurück!« schrie er. »Sag ihm, er solle sein Silber wieder nehmen! Von heute an habe ich keinen Vater mehr. Ich habe keine Sippe – ich lege den Namen Yang ab! Streicht meinen Namen aus den Büchern! Ich und mein Weib werden fortziehen. Von heute an werden wir frei sein wie die Jugend anderer Länder, wir wollen eine neue Rasse gründen, die frei ist – frei von den alten und üblen Banden, die unsere Seele fesseln!«

Und er schritt aus dem Zimmer.

Der Bote hob den Sack auf und murmelte:

»Ah, es sind noch andere Söhne da – es sind noch andere Söhne da!«

So kehrte er zu meinem Vater zurück.

Ach, meine Schwester, verstehst du jetzt, warum ich sagte, es sei gut, daß meine Mutter gestorben ist! Wie hätte sie es tragen können, diesen Tag zu erleben! Wie hätte sie es tragen können, daß der Sohn einer Konkubine den Platz ihres einzigen Sohnes, des Erben, einnehmen wird?

Und so hat mein Bruder keinen Anteil mehr an den Familiengütern. Mit seinem Erbe wird man die Familie Li für die ihr angetane Schmach entschädigen, und jetzt schon sieht sie sich, wie mir Wang Da Ma erzählt hat, nach einem anderen Gatten für das Mädchen um, das die Verlobte meines Bruders gewesen ist.

Mit welch opferbereiter Liebe liebt mein Bruder die Fremde!

Aber er hat ihr nichts von seinem Opfer erzählt, ihr, der Hoffenden, auf daß es ihre glückliche Freude an der Zukunft nicht zerstöre. Er sagte nur:

»Laß uns fortziehen von hier, mein Herz; hinter diesen Mauern können wir nie unser Heim finden.«

Und sie war froh und zog gerne mit ihm. So verließ mein Bruder für immer das Haus seiner Ahnen. Es zeigte sich nicht einmal jemand, um Abschied von ihm zu nehmen. Nur die alte Wang Da Ma kam und weinte und neigte den Kopf vor ihm in den Staub und rief:

»Wie kann der Sohn meiner Herrin aus diesen Höfen scheiden? Es ist Zeit, daß ich sterbe – es ist Zeit, daß ich sterbe!«

Jetzt wohnen sie in der Straße der Brücken in einem kleinen einstöckigen Haus, ähnlich dem unseren. Mein Bruder ist in der kurzen Zeit älter und ruhiger geworden.

Zum erstenmal im Leben muß er daran denken, woher er Nahrung und Kleidung schaffen soll. Jeden Tag geht er frühmorgens fort, um in der Regierungsschule zu unterrichten, er, der nie das Bett verließ, ehe die Sonne hoch am Himmel stand. Seine Augen blicken entschlossen; er spricht weniger oft und lächelt weniger leicht als sonst. Ich wagte eines Tages ihn zu fragen:

»Bedauerst du irgend etwas, mein Bruder?«

Da warf er mir hinter halb geschlossenen Lidern einen seiner alten lebhaften Blicke zu und erwiderte:

»Niemals!«

Ach, ich glaube, meine Mutter hatte unrecht. Er ist nicht der Sohn seines Vaters. Er ist an Beständigkeit ganz und gar der Sohn seiner Mutter.

Du kannst dir wohl nicht denken, was geschehen ist, meine Schwester. Ich habe gelacht, als ich davon hörte, und plötzlich mußte ich, ohne zu verstehen warum, weinen.

Gestern abend hörte mein Bruder ein mächtiges Pochen an der Tür des kleinen Hauses. Er ging selbst zur Tür, um zu öffnen, denn sie halten in diesen Zeiten nur einen einzigen Diener, und zu seinem Erstaunen sah er dort Wang Da Ma stehen. Sie war auf einem Schiebekarren gekommen und hatte in einem großen Bambuskorb und einem blauen Tuchbündel ihre ganze Habe mitgebracht. Als sie meinen Bruder sah, sagte sie mit großer Ruhe und Selbstbeherrschung:

»Ich bin gekommen, um bei dem Sohn meiner Dame zu wohnen und ihrem Enkel zu dienen.«

Mein Bruder fragte sie:

»Aber weißt du nicht, daß ich nicht mehr als Sohn meiner Mutter gelte?«

Wang Da Ma faßte mit der einen Hand fest das Bündel, mit der anderen den Korb und antwortete starrsinnig:

»Nein, was du nicht sagst! Da stehst du hier und sagst mir das! Habe ich dich nicht aus den Armen deiner Mutter in diese Arme hier genommen, als du kaum einen Fuß lang warst und nackt wie ein Fisch? Hast du nicht an meinen Brüsten getrunken? Das, als was du geboren wurdest, das bist du, und dein Sohn ist dein Sohn. Es soll so geschehen, wie ich sage.«

Mein Bruder erzählte mir, er habe kaum gewußt, was er ihr antworten sollte. Gewiß kennt sie uns unser ganzes Leben lang und ist uns mehr als eine Dienerin. Während er noch zögerte, trug sie Bündel und Korb in die kleine Halle und suchte murmelnd und keuchend - denn sie wird schon alt und dick - in ihren Kleidern nach der Börse. Als sie sie gefunden hatte, wandte sie sich um und begann mit dem Führer des Schiebekarrens heftig um den Fahrpreis zu feilschen. So richtete sie sich ein wie in ihrem Heim.

Dies hat sie um meiner Mutter willen getan. Es ist ja sonst lächerlich, dem Betragen eines Dieners allzuviel Beachtung zu schenken, dennoch klingt im Lachen meines Bruders ein Ton der Zärtlichkeit, wenn er von ihr spricht. Er freut sich, daß sie gekommen ist und daß sein Sohn in ihren Armen schlafen und spielen wird.

Heute früh erschien sie bei mir, um mir ihre Ehrfurcht zu bezeigen. Und sie war wie immer. Man hätte meinen können, sie habe mit meinem Bruder jahrelang in dem ausländischen Hause gewohnt, obwohl ich weiß, daß sie insgeheim über viele Dinge erstaunt ist; mein Bruder sagt, sie tue so, als bemerke sie nichts Ungewöhnliches, obwohl sie besonders der Treppe mißtraut und sich vorläufig durch nichts bewegen läßt, in Gegenwart anderer hinaufzusteigen. Heute aber hat sie mir gesagt, sie habe die Veränderungen nicht verwinden können, die im Hause meiner Mutter eingetreten sind.

Sie sagt, die fette Konkubine sei an Stelle meiner Mutter Erste Dame geworden. Dies wurde in der Ahnenhalle vor den geweihten Tafeln feierlich erklärt. Sie stolziert jetzt umher, in Rot und Purpur gekleidet, und an ihren Fingern sind viele Ringe. Sie hat sogar die Gemächer meiner Mutter bezogen! Als ich Wang Da Ma das erzählen hörte, wußte ich, daß ich nie wieder dort hingehen kann.

Ach, meine Mutter!

Er ist zärtlich zu ihr, seiner Frau, zärtlicher denn je, seit er um ihretwillen alles aufgegeben hat. Er, der sein ganzes Leben dank dem Reichtum seines Vaters in Behaglichkeit verbrachte, ist jetzt arm geworden. Aber er hat gelernt, wie er sie glücklich machen kann. Als ich sie gestern besuchte, saß sie vor einem Blatt Papier, auf das sie lange, verschnörkelte, fließende Linien schrieb. Ich trat mit meinem Sohne ins Zimmer, da sah sie lächelnd empor, wie stets beim Anblick des Kindes.

»Ich schreibe meiner Mutter«, sagte sie, und ihre Augen waren jetzt plötzlich erhellt, und das geschieht immer, wenn sie lächelt. »Endlich kann ich ihr alles sagen. Ich werde ihr sagen, daß ich gelbe Vorhänge an die Fenster gehängt habe und daß eine Schale mit goldfarbenen Narzissen auf dem Tisch steht. Ich werde ihr sagen, daß ich heute einen kleinen Korb mit rosa Seide gefüttert habe, damit er darin schlafe – mit Seide in der Farbe amerikanischer Apfelblüten. Sie wird durch jedes Wort schauen und wissen, wie glücklich ich bin – wie glücklich ich endlich bin!«

Hast du jemals, meine Schwester, ein liebliches Tal unter einem drückenden Himmel grau daliegen sehen? Dann teilten sich plötzlich die Wolken, Sonnenschein strömt herab, und Leben und Farbe entspringen fröhlich und laut jeder Stelle dieses Tales. So ist es jetzt mit ihr. Ihre Augen jubeln vor Freude und ihre Stimme ist ein ununterbrochener Gesang.

Ihre Lippen sind nie still. Sie bewegen und wölben sich immerfort in kurzem Lächeln und in unvermutet hingeworfenen Worten. Sie ist fürwahr sehr schön. Ich habe stets an ihrer Schönheit gezweifelt, weil sie so ganz anders war als das, was ich gesehen hatte. Jetzt aber erkenne ich sie deutlich. Das stürmische Düster ist aus ihren Augen gewichen. Sie sind jetzt blau wie das Meer unter einem klaren Himmel.

Mein Bruder jedoch ist nun, da er getan hat, was er

beschlossen, ruhig und ernst und zufrieden. Er ist ein Mann.

Wenn ich daran denke, daß jeder dieser beiden eine Welt aufgegeben hat um des anderen willen, so fühle ich mich demütig vor solcher Liebe. Ihre Frucht wird eine kostbare Frucht sein, ebenso wundervoll wie Jade.

Was ihr Kind betrifft, so fühle ich mich doppelt gerührt. Es wird sich eine eigene Welt bauen müssen; da es weder reiner Osten noch reiner Westen ist, wird es von jedem zurückgestoßen werden, weil keiner es versteht. Doch glaube ich, wenn es die Stärke seiner Eltern hat, wird es beide Welten verstehen und wird siegen.

Doch so denke ich nur, wenn ich meinen Bruder oder seine Frau beobachte. Ich bin nur ein Weib. Ich muß zu meinem Gatten davon sprechen, denn er ist klug und, ohne daß man es ihm sagt, weiß er, wo die Wahrheit liegt.

Ach, aber das eine weiß ich! Ich sehne mich danach, ihr Kind zu schauen. Ich wünsche, daß es meinem Sohn ein Bruder werde.

21

Die Fremde singt. Stunde um Stunde steigen wie Blasen Lieder aus ihrem Herzen zu ihren Lippen, und sie freut sich in einer erstaunlichen Freude. Ich, die ich einen Sohn geboren habe, freue mich mit ihr, und in unserem gemeinsamen menschlichen Erleben sind wir einander verbunden. Wir nähen an den Kleidern, an kleinen chinesischen Kleidern. Sie denkt nach, welche Farbe sie wählen soll; sie runzelt die Stirn und fragt sich selbst:

»Wenn nun seine Augen schwarz sind, wird er dieses Scharlachrot brauchen. Wenn sie aber grau sind, muß es Rosa sein. Werden seine Augen schwarz sein oder grau, kleine Schwester?« Sie wendet den lächelnden Blick zu mir.

Ich erwiderte ihr Lächeln und fragte:

»Welche Farben haben sie jetzt schon in deinem Herzen?«

Und sie wird rot und plötzlich scheu und sie sagt:

»Sie sind schwarz. Immer. Wir wollen Scharlachrot nehmen.«

»Scharlach ist die Farbe der Freude«, sagte ich ihr, »und paßt immer für einen Sohn.«

Wir beide wissen, daß wir klug gewählt haben.

Da zeige ich ihr die ersten Kleidchen meines Sohnes und zusammen legen wir die Muster auf den geblümten scharlachfarbenen Atlas und auf die weiche, scharlachfarbene Seide. Ich selbst habe die kleinen Schuhe mit den Tigergesichtern bestickt. Bei solcher Arbeit sind wir einander nahegekommen. Ich habe vergessen, daß sie jemals fremdartig war. Sie ist meine Schwester geworden. Ich habe gelernt, ihren Namen zu sagen: »Mary – Mary!«

Als alles angefertigt war, bereitete sie auch eine kleine Ausstattung fremder Kleider vor, so einfach und fein, wie ich es noch nie gesehen hatte. Ich wunderte mich über den Stoff, der zart war wie Spinnweben. Die Ärmelchen waren an das lange hemdartige Gewand mit Spitzen eingefügt, die feiner waren als Stickerei, und der Stoff war zwar nicht Seide, aber weich wie Nebel. Ich fragte sie:

»Wie willst du wissen, wann du ihn in dieses hier kleiden sollst?«

Sie lächelte und tätschelte mir rasch die Wange. Nun, da sie froh ist, hat sie eine liebliche, einschmeichelnde Art.

»Sechs Tage der Woche soll er das Kind seines Vaters bleiben, aber am siebenten will ich ihn in Leinen und

Spitzen kleiden, und dann soll er Amerikaner sein.« Sie wurde plötzlich ernst. »Zuerst dachte ich, ich könne ihn ganz zu einem Chinesen machen, jetzt aber weiß ich, daß ich ihm auch Amerika geben muß, denn das bin ich. Und so, meine kleine Schwester, wird er beiden Seiten der Welt gehören - sowohl zu dir, wie zu mir.«

Ich lächelte ihr wieder zu. Ich verstehe jetzt, wie es kommt, daß sie das Herz meines Bruders gestohlen hat und es festhält.

Nun ist das Kind bei uns, meine Schwester! Ich habe es aus den Händen Wang Da Mas in die Arme genommen. Sie gab es mir murmelnd und lächelnd vor Stolz. Ich blickte es eifrig an.

Es ist ein Sohn, ein Kind voll Kraft und Stärke. Gewiß ist er nicht so schön wie mein Sohn. Ein Sohn, wie mein Gatte und ich ihn haben, kann kein zweites Mal geboren werden. Der Sohn meines Bruders und meiner Schwester gleicht aber keinem andern Kind. Er hat die großen Knochen und die muntere Kraft des Westens. Sein Haar jedoch und seine Augen sind schwarz wie die unseren und seine Haut zwar klar wie Jade, aber dunkel. Ich kann jetzt schon erkennen, daß in seinen Augen und um seine Lippen ein Zug meiner Mutter ist. Mit welcher Mischung von Schmerz und Freude sehe ich das!

Doch zu meiner Schwester spreche ich von dieser Ähnlichkeit nicht. Ich trug das Kind lächelnd zu ihr. Ich sagte:

»Sieh, was du geleistet hast, meine Schwester. In diesem winzigen Knoten hast du zwei Welten verknüpft!«

Sie legte sich matt zurück, erschöpft lächelnd.

»Leg ihn neben mich«, flüsterte sie, und ich tat es.

Er lag an ihrer milchweißen Brust, dunkel und schwarzäugig. Der Blick seiner Mutter ruhte auf ihm. Sie strich ihm mit den weißen Fingern über das schwarze Haar.

»Er muß die rote Jacke tragen«, sagte ich, über den Anblick lächelnd. »Er ist viel zu dunkel für Weißes.«

»Er ähnelt seinem Vater, und ich bin zufrieden«, sagte sie schlicht.

Da kam mein Bruder, und ich zog mich zurück.

Gestern abend, nach der Geburt des Kindes, stand ich neben meinem Gatten im Zimmer unseres Sohnes. Seite an Seite blickten wir durchs offene Fenster in die Mondnacht hinaus. Die Luft war sehr klar, und unser kleiner Garten glich einem in Schwarz und Weiß gepinselten Gemälde. Die Bäume hoben sich scharf vom Himmel ab wie Ebenholz, überglänzt vom Silber des Mondes.

Hinter uns lag unser Sohn schlafend in seinem Bambusbett. Er wird jetzt schon zu groß dafür; beim Schlafen streckt er die Arme aus und seine Händchen schlagen weich an die Wände. Er ist jetzt schon ein ganzer Mann! Wir blickten einander voll Stolz in die Augen, mein Gatte und ich, als wir sein starkes, festes Atmen hörten.

Und dann dachte ich an das kleine neugeborene Kind und daran, wie es jetzt schon meiner Mutter ähnelt, deren Leben erlosch, da das seine begann. Ich sagte weich, in leichter Wehmut:

»Mit welchem Schmerz der Trennung hat das Kind unseres Bruders und unserer Schwester sein Leben empfangen! Der Trennung seiner Mutter von ihrem Lande und von ihrer Rasse, des Leides der Mutter seines Vaters, die ihren einzigen Sohn aufgab; des Leides seines Vaters, der seinem Heim absagte und seinen Ahnen und der geheiligten Vergangenheit!«

Doch mein Gatte lächelte nur. Er legte mir den Arm um die Schulter. Dann sagte er ernst:

»Denk nur an das eine – mit welcher Freude der Vereinigung er zur Welt kam. Er hat die beiden Herzen seiner Eltern zu einer Einheit verbunden, diese beiden Herzen mit allen ihren Unterschieden der Geburt und Erziehung - mit Unterschieden, die schon seit Jahrhunderten bestehen! Welche Vereinigung!«

So tröstete er mich, da ich mich vergangener Kümmernisse erinnerte.

Er gestattet mir nie, mich an irgend etwas zu klammern, nur weil es alt ist. Er hält meinen Blick auf die Zukunft gerichtet. Er sagt:

»Wir müssen das alles hinter uns lassen, mein Lieb! Wir wollen nicht, daß unser Sohn gehemmt werde von alten nutzlosen Dingen!«

Und wenn ich an diese beiden denke, an meinen Sohn und seinen Vetter, dann weiß ich, daß mein Gatte recht hat - immer recht!

Ein rasantes Plädoyer für Amoral, Neugier und Lebenslust

Böse Überraschung für den braven Junggesellen Pulling: Was soll das Haschisch in der Urne der gerade verschiedenen Mama? Hat Tante Augusta ihre Hand im Spiel – oder weiß sie nichts von den Geschäften ihres Liebhabers Wordsworth? Als der sich nach Paris absetzt, braucht die lebenslustige 75jährige einen neuen Reisebegleiter …

Aus dem Englischen von
Brigitte Hilzensauer
352 Seiten. Gebunden
ISBN 3-552-04978-9

Zsolnay Z Verlag